W0404623

COLLECTION FOLIO

Marcel Proust

Journées de lecture

Gallimard

Ce texte est extrait de *Pastiches et mélanges* (L'Imaginaire n° 285, Éditions Gallimard). Le recueil est également paru dans la Bibliothèque de la Pléiade (*Contre Sainte-Beuve* précédé de *Pastiches et mélanges* et suivi d'*Essais et articles*).

© *Éditions Gallimard, 2017.*

Marcel Proust naît le 10 juillet 1871 à Paris dans une famille intellectuelle et bourgeoise. De santé fragile, il est un lecteur précoce et, au lycée Condorcet, un élève brillant. La fin de ses études secondaires, en 1889, s'accompagne du début de sa vie mondaine : étudiant en lettres, droit et sciences politiques, il fréquente les salons du faubourg Saint-Germain. Fondateur du *Banquet*, il écrit pour diverses autres revues chroniques, poèmes et textes brefs, qui constitueront, en 1896, le recueil intitulé *Les Plaisirs et les Jours*. À partir de 1899, délaissant la rédaction de son premier roman, *Jean Santeuil*, engagée quelques années plus tôt, il traduit et préface l'œuvre de John Ruskin et compose notamment, rédacteur pour *Le Figaro*, nombre de pastiches (qui seront repris dans *Pastiches et mélanges*, en 1919). La mort de sa mère, avec laquelle il entretenait une relation fusionnelle, en 1905, le marque profondément. De santé toujours fragile, il s'isole. *Du côté de chez Swann*, premier volume d'*À la recherche du temps perdu*, paraît en 1913. Pendant la guerre, réformé, il consacre la grande majorité de son temps à l'écriture. En 1919, il reçoit le prix Goncourt pour *À l'ombre des jeunes filles en fleurs*. Souffrant d'une pneumonie, l'écrivain meurt trois ans plus tard, le 18 novembre 1922. Les tomes suivants de la *Recherche* sont parus entre 1920 et 1927.

Lisez ou relisez les livres de Marcel Proust en Folio :

À LA RECHERCHE DU TEMPS PERDU

I. DU CÔTÉ DE CHEZ SWANN (Folio Classique n° 1924 et Folioplus classiques n° 246) / UN AMOUR DE SWANN (Folio n° 780)

II. À L'OMBRE DES JEUNES FILLES EN FLEURS (Folio Classique n° 1946)

III. LE CÔTÉ DE GUERMANTES (Folio Classique n° 2658)

IV. SODOME ET GOMORRHE (Folio Classique n° 2047)

V. LA PRISONNIÈRE (Folio Classique n° 2089)

VI. ALBERTINE DISPARUE (Folio Classique n° 2139)

VII. LE TEMPS RETROUVÉ (Folio Classique n° 2203)

CONTRE SAINTE-BEUVE (Folio Essais n° 68)

LES PLAISIRS ET LES JOURS *suivi de* L'INDIFFÉRENT *et autres textes* (Folio Classique n° 2538)

ESSAIS ET ARTICLES (Folio Essais n° 236)

L'AFFAIRE LEMOINE (Folio 2 € n° 4325)

LA FIN DE LA JALOUSIE *et autres nouvelles* (Folio 2 € n° 4790)

Journées de lecture[1]

Il n'y a peut-être pas de jours de notre enfance que nous ayons si pleinement vécus que ceux que nous avons cru laisser sans les vivre, ceux que nous avons passés avec un livre préféré. Tout ce qui, semblait-il, les remplissait pour les autres, et que nous écartions comme un obstacle vulgaire à un plaisir divin : le jeu pour lequel un ami venait nous chercher au passage le plus intéressant, l'abeille ou le rayon de soleil gênants qui nous forçaient à lever les yeux de la page ou

1. On trouvera ici la plupart des pages écrites pour une traduction de *Sésame et les Lys* et réimprimées ici grâce à la généreuse autorisation de M. Alfred Vallette. Elles étaient dédiées à la princesse Alexandre de Caraman-Chimay en témoignage d'un admiratif attachement que vingt années n'ont pas affaibli.

à changer de place, les provisions de goûter qu'on nous avait fait emporter et que nous laissions à côté de nous sur le banc, sans y toucher, tandis que, au-dessus de notre tête, le soleil diminuait de force dans le ciel bleu, le dîner pour lequel il avait fallu rentrer et pendant lequel nous ne pensions qu'à monter finir, tout de suite après, le chapitre interrompu, tout cela, dont la lecture aurait dû nous empêcher de percevoir autre chose que l'importunité, elle en gravait au contraire en nous un souvenir tellement doux (tellement plus précieux à notre jugement actuel que ce que nous lisions alors avec amour) que, s'il nous arrive encore aujourd'hui de feuilleter ces livres d'autrefois, ce n'est plus que comme les seuls calendriers que nous ayons gardés des jours enfuis, et avec l'espoir de voir reflétés sur leurs pages les demeures et les étangs qui n'existent plus.

Qui ne se souvient comme moi de ces lectures faites au temps des vacances, qu'on allait cacher successivement dans toutes celles des heures du jour qui étaient assez paisibles et assez inviolables pour pouvoir leur donner asile. Le matin, en rentrant du parc, quand tout le monde était parti faire une promenade, je me glissais dans la salle à manger, où, jusqu'à l'heure encore lointaine du déjeuner, personne n'entrerait que la vieille Félicie relativement silencieuse, et où je n'aurais pour compagnons, très respectueux de la lecture, que les assiettes peintes accrochées au mur, le calendrier dont la feuille de la veille avait été fraîchement arrachée, la pendule et le feu qui parlent sans demander qu'on leur réponde et dont les doux propos vides de sens ne viennent pas, comme les paroles des hommes, en substituer un différent à celui des mots que vous lisez. Je m'installais sur une chaise, près du petit feu de bois dont, pendant le déjeuner, l'oncle matinal et jardinier dirait : « Il ne fait pas de mal ! On supporte très bien un peu de feu ; je vous assure qu'à six heures il faisait joliment froid dans le potager. Et dire que c'est dans huit jours Pâques ! » Avant le déjeuner qui, hélas ! mettrait fin à la lecture, on avait encore deux grandes heures. De temps en temps, on entendait le bruit de la pompe d'où l'eau allait découler et qui vous faisait lever les yeux vers elle et la regarder à travers la fenêtre fermée, là, tout près, dans l'unique allée du jardinet qui bordait de briques et de faïences en demi-lunes ses plates-bandes de pensées : des pensées cueillies, semblait-il, dans ces ciels trop beaux, ces ciels versicolores et comme reflétés des vitraux de l'église qu'on voyait parfois entre les toits du village, ciels tristes qui apparaissaient avant les orages, ou après, trop tard, quand la journée allait finir. Malheureusement la cuisinière venait longtemps d'avance mettre le couvert ; si encore elle l'avait mis sans parler ! Mais elle croyait devoir dire : « Vous n'êtes pas bien comme cela ; si je vous approchais une table ? » Et rien que pour répondre : « Non, merci bien », il fallait arrêter net et ramener de loin sa voix qui, en dedans des lèvres, répétait sans bruit, en courant, tous les mots que les yeux avaient lus ; il fallait l'arrêter, la faire sortir, et, pour dire convenablement : « Non, merci bien », lui donner une apparence de vie ordinaire, une intonation de réponse, qu'elle avait perdues. L'heure passait ; souvent, longtemps avant le déjeuner, commençaient à arriver dans la salle à manger ceux qui, étant fatigués, avaient abrégé la promenade, avaient « pris par Méréglise », ou ceux qui n'étaient pas sortis ce matin-là, ayant « à écrire ». Ils disaient bien : « Je ne veux pas te déranger », mais commençaient aussitôt à s'approcher du feu, à consulter l'heure, à déclarer que le déjeuner ne serait pas mal accueilli. On entourait d'une particulière déférence celui ou celle qui était « restée à écrire » et on lui disait : « Vous avez fait votre petite correspondance » avec un sourire où il y avait du respect, du mystère, de la paillardise et des ménagements, comme si cette « petite correspondance » avait été à la fois un secret d'État, une prérogative, une bonne fortune et une indisposition. Quelques-uns, sans plus attendre, s'asseyaient d'avance à table, à leurs places. Cela, c'était la désolation, car ce serait d'un mauvais exemple pour les autres arrivants, allait faire croire qu'il était déjà midi, et prononcer trop tôt à mes parents la parole fatale : « Allons, ferme ton livre, on va déjeuner. » Tout était prêt, le couvert entièrement mis sur la nappe où manquait seulement ce qu'on n'apportait qu'à la fin du repas, l'appareil en verre où l'oncle horticulteur et cuisinier faisait lui-même le café à table, tubulaire et compliqué comme un instrument de physique qui aurait senti bon et où c'était si agréable de voir monter dans la cloche de verre l'ébullition soudaine qui laissait ensuite aux parois embuées une cendre odorante et brune ; et aussi la crème et les fraises que le même oncle mêlait, dans des proportions toujours identiques, s'arrêtant juste au rose qu'il fallait avec l'expérience d'un coloriste et la divination d'un gourmand. Que le déjeuner me paraissait long ! Ma grand'tante ne faisait que goûter aux plats pour donner son avis avec une douceur qui supportait, mais n'admettait pas la contradiction. Pour un roman, pour des vers, choses où elle se connaissait très bien, elle s'en remettait toujours, avec une humilité de femme, à l'avis de plus compétents. Elle pensait que c'était là le domaine flottant du caprice où le goût d'un seul ne peut pas fixer la vérité. Mais sur les choses dont les règles et les principes lui avaient été enseignés par sa mère, sur la manière de faire certains plats, de jouer les sonates de Beethoven et de recevoir avec amabilité, elle était certaine d'avoir une idée juste de la perfection et de discerner si les autres s'en rapprochaient plus ou moins. Pour les trois choses, d'ailleurs, la perfection était presque la même : c'était une sorte de simplicité dans les moyens, de sobriété et de charme. Elle repoussait avec horreur qu'on mît des épices dans les plats qui n'en exigent pas absolument, qu'on jouât avec affectation et abus de pédales, qu'en « recevant » on sortît d'un naturel parfait et parlât de soi avec exagération. Dès la première bouchée, aux premières notes, sur un simple billet, elle avait la prétention de savoir si elle avait affaire à une bonne cuisinière, à un vrai musicien, à une femme bien élevée. « Elle peut avoir beaucoup plus de doigts que moi, mais elle manque de goût en jouant avec tant d'emphase cet andante si simple. » « Ce peut être une femme très brillante et remplie de qualités, mais c'est un manque de tact de parler de soi en cette circonstance. » « Ce peut être une cuisinière très savante, mais elle ne sait pas faire le bifteck aux pommes. » Le bifteck aux pommes ! morceau de concours idéal, difficile par sa simplicité même, sorte de « Sonate pathétique » de la cuisine, équivalent gastronomique de ce qu'est dans la vie sociale la visite de la dame qui vient vous demander des renseignements sur un domestique et qui, dans un acte si simple, peut à tel point faire preuve, ou manquer de tact et d'éducation. Mon grand-père avait tant d'amour-propre, qu'il aurait voulu que tous les plats fussent réussis et s'y connaissait trop peu en cuisine pour jamais savoir quand ils étaient manqués. Il voulait bien admettre qu'ils le fussent parfois, très rarement d'ailleurs, mais seulement par un pur effet du hasard. Les critiques toujours motivées de ma grand'tante, impliquant au contraire que la cuisinière n'avait pas su faire tel plat, ne pouvaient manquer de paraître particulièrement intolérables à mon grand-père. Souvent pour éviter des discussions avec lui, ma grand'tante, après avoir goûté du bout des lèvres, ne donnait pas son avis, ce qui, d'ailleurs, nous faisait connaître immédiatement qu'il était défavorable. Elle se taisait, mais nous lisions dans ses yeux doux une désapprobation inébranlable et réfléchie qui avait le don de mettre mon grand-père en fureur. Il la priait ironiquement de donner son avis, s'impatientait de son silence, la pressait de questions, s'emportait, mais on sentait qu'on l'aurait conduite au martyre plutôt que de lui faire confesser la croyance de mon grand-père : que l'entremets n'était pas trop sucré.

Après le déjeuner, ma lecture reprenait tout de suite ; surtout si la journée était un peu chaude, chacun montait se retirer dans sa chambre, ce qui me permettait, par le petit escalier aux marches rapprochées, de gagner tout de suite la mienne, à l'unique étage si bas que des fenêtres enjambées on n'aurait eu qu'un saut d'enfant à faire pour se trouver dans la rue. J'allais fermer ma fenêtre, sans avoir pu esquiver le salut de l'armurier d'en face, qui, sous prétexte de baisser ses auvents, venait tous les jours après déjeuner fumer sa pipe devant sa porte et dire bonjour aux passants, qui, parfois, s'arrêtaient à causer. Les théories de William Morris, qui ont été si constamment appliquées par Maple et les décorateurs anglais, édictent qu'une chambre n'est belle qu'à la condition de contenir seulement des choses qui nous soient utiles et que toute chose utile, fût-ce un simple clou, soit non pas dissimulée, mais apparente. Au-dessus du lit à tringles de cuivre et entièrement découvert, aux murs nus de ces chambres hygiéniques, quelques reproductions de chefs-d'œuvre. À la juger d'après les principes de cette esthétique, ma chambre n'était nullement belle, car elle était pleine de choses qui ne pouvaient servir à rien et qui dissimulaient pudiquement, jusqu'à en rendre l'usage extrêmement difficile, celles qui servaient à quelque chose. Mais c'est justement de ces choses qui n'étaient pas là pour ma commodité, mais semblaient y être venues pour leur plaisir, que ma chambre tirait pour moi sa beauté. Ces hautes courtines blanches qui dérobaient aux regards le lit placé comme au fond d'un sanctuaire ; la jonchée de couvre-pieds en marceline, de courtes-pointes à fleurs, de couvre-lits brodés, de taies d'oreillers en batiste, sous laquelle il disparaissait le jour, comme un autel au mois de Marie sous les festons et les fleurs, et que, le soir, pour pouvoir me coucher, j'allais poser avec précaution sur un fauteuil où ils consentaient à passer la nuit ; à côté du lit, la trinité du verre à dessins bleus, du sucrier pareil et de la carafe (toujours vide depuis le lendemain de mon arrivée sur l'ordre de ma tante qui craignait de me la voir « répandre »), sortes d'instruments du culte — presque aussi saints que la précieuse liqueur de fleur d'oranger placée près d'eux dans une ampoule de verre — que je n'aurais pas cru plus permis de profaner ni même possible d'utiliser pour mon usage personnel que si ç'avaient été des ciboires consacrés, mais que je considérais longuement avant de me déshabiller, dans la peur de les renverser par un faux mouvement ; ces petites étoles ajourées au crochet qui jetaient sur le dos des fauteuils un manteau de roses blanches qui ne devaient pas être sans épines puisque, chaque fois que j'avais fini de lire et que je voulais me lever, je m'apercevais que j'y étais resté accroché ; cette cloche de verre, sous laquelle, isolée des contacts vulgaires, la pendule bavardait dans l'intimité pour des coquillages venus de loin et pour une vieille fleur sentimentale, mais qui était si lourde à soulever que, quand la pendule s'arrêtait, personne, excepté l'horloger, n'aurait été assez imprudent pour entreprendre de la remonter ; cette blanche nappe en guipure qui, jetée comme un revêtement d'autel sur la commode ornée de deux vases, d'une image du Sauveur et d'un buis bénit, la faisait ressembler à la Sainte Table (dont un prie-Dieu, rangé là tous les jours quand on avait « fini la chambre », achevait d'évoquer l'idée), mais dont les effilochements toujours engagés dans la fente des tiroirs en arrêtaient si complètement le jeu que je ne pouvais jamais prendre un mouchoir sans faire tomber d'un seul coup image du Sauveur, vases sacrés, buis bénit, et sans trébucher moi-même en me rattrapant au prie-Dieu ; cette triple superposition enfin de petits rideaux d'étamine, de grands rideaux de mousseline et de plus grands rideaux de basin, toujours souriants dans leur blancheur d'aubépine souvent ensoleillée, mais au fond bien agaçants dans leur maladresse et leur entêtement à jouer autour de leurs barres de bois parallèles et à se prendre les uns dans les autres et tous dans la fenêtre dès que je voulais l'ouvrir ou la fermer, un second étant toujours prêt, si je parvenais à en dégager un premier, à venir prendre immédiatement sa place dans les jointures aussi parfaitement bouchées par eux qu'elles l'eussent été par un buisson d'aubépines réelles ou par des nids d'hirondelles qui auraient eu la fantaisie de s'installer là, de sorte que cette opération, en apparence si simple, d'ouvrir ou de fermer ma croisée, je n'en venais jamais à bout sans le secours de quelqu'un de la maison ; toutes ces choses, qui non seulement ne pouvaient répondre à aucun de mes besoins, mais apportaient même une entrave, d'ailleurs légère, à leur satisfaction, qui évidemment n'avaient jamais été mises là pour l'utilité de quelqu'un, peuplaient ma chambre de pensées en quelque sorte personnelles, avec cet air de prédilection d'avoir choisi de vivre là et de s'y plaire, qu'ont souvent, dans une clairière, les arbres, et, au bord des chemins ou sur les vieux murs, les fleurs. Elles la remplissaient d'une vie silencieuse et diverse, d'un mystère où ma personne se trouvait à la fois perdue et charmée ;

elles faisaient de cette chambre une sorte de chapelle où le soleil — quand il traversait les petits carreaux rouges que mon oncle avait intercalés au haut des fenêtres — piquait sur les murs, après avoir rosé l'aubépine des rideaux, des lueurs aussi étranges que si la petite chapelle avait été enclose dans une plus grande nef à vitraux ; et où le bruit des cloches arrivait si retentissant à cause de la proximité de notre maison et de l'église, à laquelle d'ailleurs, aux grandes fêtes, les reposoirs nous liaient par un chemin de fleurs, que je pouvais imaginer qu'elles étaient sonnées dans notre toit, juste au-dessus de la fenêtre d'où je saluais souvent le curé tenant son bréviaire, ma tante revenant de vêpres ou l'enfant de chœur qui nous portait du pain bénit. Quant à la photographie par Brown du *Printemps* de Botticelli ou au moulage de la *Femme inconnue* du musée de Lille, qui, aux murs et sur la cheminée des chambres de Maple, sont la part concédée par William Morris à l'inutile beauté, je dois avouer qu'ils étaient remplacés dans ma chambre par une sorte de gravure représentant le prince Eugène, terrible et beau dans son dolman, et que je fus très étonné d'apercevoir une nuit, dans un grand fracas de locomotives et de grêle, toujours terrible et beau, à la porte d'un buffet de gare, où il servait de réclame à une spécialité de biscuits. Je soupçonne aujourd'hui mon grand-père de l'avoir autrefois reçu, comme prime, de la munificence d'un fabricant, avant de l'installer à jamais dans ma chambre. Mais alors je ne me souciais pas de son origine, qui me paraissait historique et mystérieuse et je ne m'imaginais pas qu'il pût y avoir plusieurs exemplaires de ce que je considérais comme une personne, comme un habitant permanent de la chambre que je ne faisais que partager avec lui et où je le retrouvais tous les ans, toujours pareil à lui-même. Il y a maintenant bien longtemps que je ne l'ai vu, et je suppose que je ne le reverrai jamais. Mais si une telle fortune m'advenait, je crois qu'il aurait bien plus de choses à me dire que le *Printemps* de Botticelli. Je laisse les gens de goût orner leur demeure avec la reproduction des chefs-d'œuvre qu'ils admirent et décharger leur mémoire du soin de leur conserver une image précieuse en la confiant à un cadre de bois sculpté. Je laisse les gens de goût faire de leur chambre l'image même de leur goût et la remplir seulement de choses qu'il puisse approuver. Pour moi, je ne me sens vivre et penser que dans une chambre où tout est la création et le langage de vies profondément différentes de la mienne, d'un goût opposé au mien, où je ne retrouve rien de ma pensée consciente, où mon imagination s'exalte en se sentant plongée au sein du non-moi ; je ne me sens heureux qu'en mettant le pied — avenue de la Gare, sur le port ou place de l'Église — dans un de ces hôtels de province aux longs corridors froids où le vent du dehors lutte avec succès contre les efforts du calorifère, où la carte de géographie détaillée de l'arrondissement est encore le seul ornement des murs, où chaque bruit ne sert qu'à faire apparaître le silence en le déplaçant, où les chambres gardent un parfum de renfermé que le grand air vient laver, mais n'efface pas, et que les narines aspirent cent fois pour l'apporter à l'imagination, qui s'en enchante, qui le fait poser comme un modèle pour essayer de le recréer en elle avec tout ce qu'il contient de pensées et de souvenir ; où le soir, quand on ouvre la porte de sa chambre, on a le sentiment de violer toute la vie qui y est restée éparse, de la prendre hardiment par la main quand, la porte refermée, on entre plus avant, jusqu'à la table ou jusqu'à la fenêtre ; de s'asseoir dans une sorte de libre promiscuité avec elle sur le canapé exécuté par le tapissier du chef-lieu dans ce qu'il croyait le goût de Paris ; de toucher partout la nudité de cette vie dans le dessein de se troubler soi-même par sa propre familiarité, en posant ici et là ses affaires, en jouant le maître dans cette chambre pleine jusqu'aux bords de l'âme des autres et qui garde jusque dans la forme des chenêts et le dessin des rideaux l'empreinte de leur rêve, en marchant pieds nus sur son tapis inconnu ; alors, cette vie secrète, on a le sentiment de l'enfermer avec soi quand on va, tout tremblant, tirer le verrou ; de la pousser devant soi dans le lit et de coucher enfin avec elle dans les grands draps blancs qui vous montent par-dessus la figure, tandis que, tout près, l'église sonne pour toute la ville les heures d'insomnie des mourants et des amoureux.

Je n'étais pas depuis bien longtemps à lire dans ma chambre qu'il fallait aller au parc, à un kilomètre du village. Mais après le jeu obligé, j'abrégeais la fin du goûter apporté dans des paniers et distribué aux enfants au bord de la rivière, sur l'herbe où le livre avait été posé avec défense de le prendre encore. Un peu plus loin, dans certains fonds assez incultes et assez mystérieux du parc, la rivière cessait d'être une eau rectiligne et artificielle, couverte de cygnes et bordée d'allées où souriaient des statues, et, par moments sautelante de carpes, se précipitait, passait à une allure rapide la clôture du parc, devenait une rivière dans le sens géographique du mot — une rivière qui devait avoir un nom — et ne tardait pas à s'épandre (la même vraiment qu'entre les statues et sous les cygnes ?) entre des herbages où dormaient des bœufs et dont elle noyait les boutons d'or, sortes de prairies rendues par elle assez marécageuses et qui, tenant d'un côté au village par des tours informes, restes, disait-on, du moyen âge, joignaient de l'autre, par des chemins montants d'églantiers et d'aubépines, la « nature » qui s'étendait à l'infini, des villages qui avaient d'autres noms, l'inconnu. Je laissais les autres finir de goûter dans le bas du parc, au bord des cygnes, et je montais en courant dans le labyrinthe jusqu'à telle charmille où je m'asseyais, introuvable, adossé aux noisetiers taillés, apercevant le plant d'asperges, les bordures de fraisiers, le bassin où, certains jours, les chevaux faisaient monter l'eau en tournant, la porte blanche qui était la « fin du parc » en haut, et au-delà, les champs de bleuets et de coquelicots. Dans cette charmille, le silence était profond, le risque d'être découvert presque nul, la sécurité rendue plus douce par les cris éloignés qui, d'en bas, m'appelaient en vain, quelquefois même se rapprochaient, montaient les premiers talus, cherchant partout, puis s'en retournaient, n'ayant pas trouvé ; alors plus aucun bruit ; seul de temps en temps le son d'or des cloches qui au loin, par-delà les plaines, semblait tinter derrière le ciel bleu, aurait pu m'avertir de l'heure qui passait ;

mais, surpris par sa douceur et troublé par le silence plus profond, vidé des derniers sons, qui le suivait, je n'étais jamais sûr du nombre des coups. Ce n'était pas les cloches tonnantes qu'on entendait en rentrant dans le village — quand on approchait de l'église qui, de près, avait repris sa taille haute et raide, dressant sur le bleu du soir son capuchon d'ardoise ponctué de corbeaux — faire voler le son en éclats sur la place « pour les biens de la terre ». Elles n'arrivaient au bout du parc que faibles et douces et ne s'adressant pas à moi, mais à toute la campagne, à tous les villages, aux paysans isolés dans leur champ, elles ne me forçaient nullement à lever la tête, elles passaient près de moi, portant l'heure aux pays lointains, sans me voir, sans me connaître et sans me déranger.

Et quelquefois à la maison, dans mon lit, longtemps après le dîner, les dernières heures de la soirée abritaient aussi ma lecture, mais cela, seulement les jours où j'étais arrivé aux derniers chapitres d'un livre, où il n'y avait plus beaucoup à lire pour arriver à la fin. Alors, risquant d'être puni si j'étais découvert et l'insomnie qui, le livre fini, se prolongerait peut-être toute la nuit, dès que mes parents étaient couchés je rallumais ma bougie ; tandis que, dans la rue toute proche, entre la maison de l'armurier et la poste, baignées de silence, il y avait plein d'étoiles au ciel sombre et pourtant bleu, et qu'à gauche, sur la ruelle exhaussée où commençait en tournant son ascension surélevée, on sentait veiller, monstrueuse et noire, l'abside de l'église dont les sculptures la nuit ne dormaient pas, l'église villageoise et pourtant historique, séjour magique du Bon Dieu, de la brioche bénite, des saints multicolores et des dames des châteaux voisins qui, les jours de fête, faisant, quand elles traversaient le marché, piailler les poules et regarder les commères, venaient à la messe « dans leurs attelages », non sans acheter au retour, chez le pâtissier de la place, juste après avoir quitté l'ombre du porche où les fidèles en poussant la porte à tambour semaient les rubis errants de la nef, quelques-uns de ces gâteaux en forme de tours, protégés du soleil par un store, — « manqués », « saint-honorés » et « génoises », — dont l'odeur oisive et sucrée est restée mêlée pour moi aux cloches de la grand'messe et à la gaîté des dimanches.

Puis la dernière page était lue, le livre était fini. Il fallait arrêter la course éperdue des yeux et de la voix qui suivait sans bruit, s'arrêtant seulement pour reprendre haleine, dans un soupir profond. Alors, afin de donner aux tumultes depuis trop longtemps déchaînés en moi pour pouvoir se calmer ainsi d'autres mouvements à diriger, je me levais, je me mettais à marcher le long de mon lit, les yeux encore fixés à quelque point qu'on aurait vainement cherché dans la chambre ou dehors, car il n'était situé qu'à une distance d'âme, une de ces distances qui ne se mesurent pas par mètres et par lieues, comme les autres, et qu'il est d'ailleurs impossible de confondre avec elles quand on regarde les yeux « lointains » de ceux qui pensent « à autre chose ». Alors, quoi ? ce livre, ce n'était que cela ? Ces êtres à qui on avait donné plus de son attention et de sa tendresse qu'aux gens de la vie, n'osant pas toujours avouer à quel point on les aimait, et même quand nos parents nous trouvaient en train de lire et avaient l'air de sourire de notre émotion, fermant le livre, avec une indifférence affectée ou un ennui feint ; ces gens pour qui on avait haleté et sangloté, on ne les verrait plus jamais, on ne saurait plus rien d'eux. Déjà, depuis quelques pages, l'auteur, dans le cruel « Épilogue », avait eu soin de les « espacer » avec une indifférence incroyable pour qui savait l'intérêt avec lequel il les avait suivis jusque-là pas à pas. L'emploi de chaque heure de leur vie nous avait été narré. Puis subitement : « Vingt ans après ces événements on pouvait rencontrer dans les rues de Fougères[1] un vieillard encore droit,

1. J'avoue que certain emploi de l'imparfait de l'indicatif — de ce temps cruel qui nous présente la vie comme quelque chose d'éphémère à la fois et de passif, qui, au moment même où il retrace nos actions, les frappe d'illusion, les anéantit dans le passé sans nous laisser comme le parfait, la consolation de l'activité — est resté pour moi une source inépuisable de mystérieuses tristesses. Aujourd'hui encore je peux avoir pensé pendant des heures à la mort avec calme ; il me suffit d'ouvrir un volume des *Lundis* de Sainte-Beuve et d'y tomber par exemple sur cette phrase de Lamartine (il s'agit de Mme d'Albany) : « Rien ne *rappelait* en elle à

etc. » Et le mariage dont deux volumes avaient été employés à nous faire entrevoir la possibilité délicieuse, nous effrayant puis nous réjouissant de chaque obstacle dressé puis aplani, c'est par une phrase incidente d'un personnage secondaire que nous apprenions qu'il avait été célébré, nous ne savions pas au juste quand, dans cet étonnant épilogue écrit, semblait-il, du haut du ciel, par une personne indifférente à nos passions d'un jour, qui s'était substituée à l'auteur. On aurait tant voulu que le livre continuât, et, si c'était impossible, avoir d'autres renseignements sur tous ces personnages, apprendre maintenant quelque chose de leur vie, employer la nôtre à des choses qui ne fussent pas tout à fait étrangères à l'amour qu'ils nous avaient inspiré[1] et dont l'objet nous faisait

---

cette époque… *C'était* une petite femme dont la taille un peu affaissée sous son poids avait perdu, etc. » pour me sentir aussitôt envahi par la plus profonde mélancolie. — Dans les romans, l'intention de faire de la peine est si visible chez l'auteur qu'on se raidit un peu plus.

1. On peut l'essayer, par une sorte de détour, pour les livres qui ne sont pas d'imagination pure et où il y

tout à coup défaut, ne pas avoir aimé en vain, pour une heure, des êtres qui demain ne seraient plus qu'un nom sur une page oubliée, dans un livre sans rapport avec la vie et sur la valeur duquel nous nous étions bien mépris puisque son lot ici-bas, nous le comprenions maintenant et nos parents nous l'apprenaient au besoin

---

a un substratum historique. Balzac, par exemple, dont l'œuvre en quelque sorte impure est mêlée d'esprit et de réalité trop peu transformée, se prête parfois singulièrement à ce genre de lecture. Ou du moins il a trouvé le plus admirable de ces « lecteurs historiques » en M. Albert Sorel qui a écrit sur *Une Ténébreuse Affaire* et sur *L'Envers de l'Histoire Contemporaine* d'incomparables essais. Combien la lecture, au reste, cette jouissance à la fois ardente et rassise, semble bien convenir à M. Sorel, à cet esprit chercheur, à ce corps calme et puissant, la lecture, pendant laquelle les mille sensations de poésie et de bien-être confus qui s'envolent avec allégresse du fond de la bonne santé viennent composer autour de la rêverie du lecteur un plaisir doux et doré comme le miel. — Cet art d'ailleurs d'enfermer tant d'originales et fortes méditations dans une lecture, ce n'est pas qu'à propos d'œuvres à demi historiques que M. Sorel l'a porté à cette perfection. Je me souviendrai toujours — et avec quelle reconnaissance — que mon étude sur *La Bible d'Amiens* a été pour lui le sujet des plus puissantes pages peut-être qu'il ait jamais écrites.

d'une phrase dédaigneuse, n'était nullement, comme nous l'avions cru, de contenir l'univers et la destinée, mais d'occuper une place fort étroite dans la bibliothèque du notaire, entre les fastes sans prestige du *Journal de modes illustré* et de *La Géographie d'Eure-et-Loir*.

. . . .

… Avant d'essayer de montrer au seuil des « Trésors des Rois » pourquoi à mon avis la Lecture ne doit pas jouer dans la vie le rôle prépondérant que lui assigne Ruskin dans ce petit ouvrage, je devais mettre hors de cause les charmantes lectures de l'enfance dont le souvenir doit rester pour chacun de nous une bénédiction. Sans doute je n'ai que trop prouvé par la longueur et le caractère du développement qui précède ce que j'avais d'abord avancé d'elles : que ce qu'elles laissent surtout en nous, c'est l'image des lieux et des jours où nous les avons faites. Je n'ai pas échappé à leur sortilège : voulant parler d'elles, j'ai parlé de tout autre chose que des livres parce que ce n'est pas d'eux qu'elles m'ont parlé. Mais peut-être les souvenirs qu'elles m'ont l'un après l'autre rendus en auront-ils eux-mêmes éveillés chez le lecteur et l'auront-ils peu à peu amené, tout en s'attardant dans ces chemins fleuris et détournés, à recréer dans son esprit l'acte psychologique original appelé *Lecture*, avec assez de force pour pouvoir suivre maintenant comme au-dedans de lui-même les quelques réflexions qu'il me reste à présenter.

On sait que les « Trésors des Rois » est une conférence sur la lecture que Ruskin donna à l'hôtel de ville de Rusholme, près Manchester, le 6 décembre 1864, pour aider à la création d'une bibliothèque à l'institut de Rusholme. Le 14 décembre, il en prononçait une seconde, « Des Jardins des Reines » sur le rôle de la femme, pour aider à fonder des écoles à Ancoats. « Pendant toute cette année 1864, dit M. Collingwood dans son admirable ouvrage *Life and Work of Ruskin*, il demeura *at home*, sauf pour faire de fréquentes visites à Carlyle. Et quand en décembre il donna à Manchester les cours qui, sous le nom de *Sésame et les Lys*, devinrent son ouvrage le plus populaire[1], nous pouvons discerner son meilleur état de santé physique et intellectuelle dans les couleurs plus brillantes de sa pensée. Nous pouvons reconnaître l'écho de ses entretiens avec Carlyle dans l'idéal héroïque, aristocratique et stoïque qu'il propose et dans l'insistance avec laquelle il revient sur la valeur des livres et des bibliothèques publiques, Carlyle étant le fondateur de la London Bibliothèque… »

Pour nous, qui ne voulons ici que discuter en elle-même, et sans nous occuper de ses origines historiques, la thèse de Ruskin,

1. Cet ouvrage fut ensuite augmenté par l'addition aux deux premières conférences d'une troisième : « The Mystery of Life and its Arts. » Les éditions populaires continuèrent à ne contenir que « Des Trésors des Rois » et « Des Jardins des Reines ». Nous n'avons traduit, dans le présent volume, que ces deux conférences, et sans les faire précéder d'aucune des préfaces que Ruskin écrivit pour *Sésame et les Lys*. Les dimensions de ce volume et l'abondance de notre propre Commentaire ne nous ont pas permis de mieux faire. Sauf pour quatre d'entre elles (Smith, Elder et C°) les nombreuses éditions de *Sésame et les Lys* ont toutes paru chez Georges Allen, l'illustre éditeur de toute l'œuvre de Ruskin, le maître de Ruskin House.

nous pouvons la résumer assez exactement par ces mots de Descartes, que « la lecture de tous les bons livres est comme une conversation avec les plus honnêtes gens des siècles passés qui en ont été les auteurs ». Ruskin n'a peut-être pas connu cette pensée d'ailleurs un peu sèche du philosophe français, mais c'est elle en réalité qu'on retrouve partout dans sa conférence, enveloppée seulement dans un or apollinien où fondent des brumes anglaises, pareil à celui dont la gloire illumine les paysages de son peintre préféré. « À supposer, dit-il, que nous ayons et la volonté et l'intelligence de bien choisir nos amis, combien peu d'entre nous en ont le pouvoir, combien est limitée la sphère de nos choix. Nous ne pouvons connaître qui nous voudrions... Nous pouvons par une bonne fortune entrevoir un grand poète et entendre le son de sa voix, ou poser une question à un homme de science qui nous répondra aimablement. Nous pouvons usurper dix minutes d'entretien dans le cabinet d'un ministre, avoir une fois dans notre vie le privilège d'arrêter le regard d'une reine. Et pourtant ces hasards fugitifs nous les convoitons, nous dépensons nos années, nos passions et nos facultés à la poursuite d'un peu moins que cela, tandis que, durant ce temps, il y a une société qui nous est continuellement ouverte, de gens qui nous parleraient aussi longtemps que nous le souhaiterions, quel que soit notre rang. Et cette société, parce qu'elle est si nombreuse et si douce et que nous pouvons la faire attendre près de nous toute une journée — rois et hommes d'État attendant patiemment non pour accorder une audience, mais pour l'obtenir — nous n'allons jamais la chercher dans ces antichambres simplement meublées que sont les rayons de nos bibliothèques, nous n'écoutons jamais un mot de ce qu'ils auraient à nous dire[1]. » « Vous me direz peut-être, ajoute Ruskin, que si vous aimez mieux causer avec des vivants, c'est que vous voyez leur visage », etc., et réfutant cette première objection, puis une seconde, il montre que la lecture est exactement une conversation avec des hommes beaucoup plus sages et plus intéressants que ceux que

1. *Sésame et les Lys*, « Des Trésors des Rois », 6.

nous pouvons avoir l'occasion de connaître autour de nous. J'ai essayé de montrer dans les notes dont j'ai accompagné ce volume que la lecture ne saurait être ainsi assimilée à une conversation, fût-ce avec le plus sage des hommes ; que ce qui diffère essentiellement entre un livre et un ami, ce n'est pas leur plus ou moins grande sagesse, mais la manière dont on communique avec eux, la lecture, au rebours de la conversation, consistant pour chacun de nous à recevoir communication d'une autre pensée, mais tout en restant seul, c'est-à-dire en continuant à jouir de la puissance intellectuelle qu'on a dans la solitude et que la conversation dissipe immédiatement, en continuant à pouvoir être inspiré, à rester en plein travail fécond de l'esprit sur lui-même. Si Ruskin avait tiré les conséquences d'autres vérités qu'il a énoncées quelques pages plus loin, il est probable qu'il aurait rencontré une conclusion analogue à la mienne. Mais évidemment il n'a pas cherché à aller au cœur même de l'idée de *lecture*. Il n'a voulu, pour nous apprendre le prix de la lecture, que nous conter une sorte de beau mythe platonicien, avec cette simplicité des Grecs qui nous ont montré à peu près toutes les idées vraies et ont laissé aux scrupules modernes le soin de les approfondir. Mais si je crois que la lecture, dans son essence originale, dans ce miracle fécond d'une communication au sein de la solitude, est quelque chose de plus, quelque chose d'autre que ce qu'a dit Ruskin, je ne crois pas malgré cela qu'on puisse lui reconnaître dans notre vie spirituelle le rôle prépondérant qu'il semble lui assigner.

Les limites de son rôle dérivent de la nature de ses vertus. Et ces vertus, c'est encore aux lectures d'enfance que je vais aller demander en quoi elles consistent. Ce livre, que vous m'avez vu tout à l'heure lire au coin du feu dans la salle à manger, dans ma chambre, au fond du fauteuil revêtu d'un appuie-tête au crochet, et pendant les belles heures de l'après-midi, sous les noisetiers et les aubépines du parc, où tous les souffles des champs infinis venaient de si loin jouer silencieusement auprès de moi, tendant sans mot dire à mes narines distraites l'odeur des trèfles et des sainfoins sur lesquels mes yeux fatigués se levaient parfois ; ce livre, comme vos yeux en se penchant vers lui ne pourraient déchiffrer son titre à vingt ans de distance, ma mémoire, dont la vue est plus appropriée à ce genre de perceptions, va vous dire quel il était : *Le Capitaine Fracasse*, de Théophile Gautier. J'en aimais par-dessus tout deux ou trois phrases qui m'apparaissaient comme les plus originales et les plus belles de l'ouvrage. Je n'imaginais pas qu'un autre auteur en eût jamais écrit de comparables. Mais j'avais le sentiment que leur beauté correspondait à une réalité dont Théophile Gautier ne nous laissait entrevoir une ou deux fois par volume qu'un petit coin. Et comme je pensais qu'il la connaissait assurément tout entière, j'aurais voulu lire d'autres livres de lui où toutes les phrases seraient aussi belles que celles-là et auraient pour objet les choses sur lesquelles j'aurais désiré avoir son avis. « Le rire n'est point cruel de sa nature ; il distingue l'homme de la bête, et il est, ainsi qu'il appert en l'*Odyssée* d'Homerus, poète grégeois, l'apanage des dieux immortels et bienheureux qui rient olympiennement tout leur saoul durant les loisirs de l'éternité[1]. » Cette phrase me donnait une véritable ivresse. Je croyais apercevoir une antiquité merveilleuse à travers ce moyen âge que seul Gautier pouvait me révéler. Mais j'aurais

1. En réalité, cette phrase ne se trouve pas, au moins sous cette forme, dans *Le Capitaine Fracasse*. Au lieu de « ainsi qu'il appert en l'*Odyssée* d'Homerus, poète grégeois », il y a simplement « suivant Homerus ». Mais comme les expressions « il appert d'Homerus », « il appert de l'*Odyssée* », qui se trouvent ailleurs dans le même ouvrage, me donnaient un plaisir de même qualité, je me suis permis, pour que l'exemple fût plus frappant pour le lecteur, de fondre toutes ces beautés en une, aujourd'hui que je n'ai plus pour elles, à vrai dire, de respect religieux. Ailleurs encore dans *Le Capitaine Fracasse*, Homerus est qualifié de poète grégeois, et je ne doute pas que cela aussi m'enchantât. Toutefois, je ne suis plus capable de retrouver avec assez d'exactitude ces joies oubliées pour être assuré que je n'ai pas forcé la note et dépassé la mesure en accumulant en une seule phrase tant de merveilles ! Je ne le crois pas pourtant. Et je pense avec regret que l'exaltation avec laquelle je répétais la phrase du *Capitaine Fracasse* aux iris et aux pervenches penchés au bord de la rivière, en piétinant les cailloux de l'allée, aurait été plus délicieuse encore si j'avais pu trouver en une seule phrase de Gautier tant de ses charmes que mon propre artifice réunit aujourd'hui, sans parvenir, hélas ! à me donner aucun plaisir.

voulu qu'au lieu de dire cela furtivement, après l'ennuyeuse description d'un château que le trop grand nombre de termes que je ne connaissais pas m'empêchait de me figurer le moins du monde, il écrivît tout le long du volume des phrases de ce genre et me parlât de choses qu'une fois son livre fini je pourrais continuer à connaître et à aimer. J'aurais voulu qu'il me dît, lui, le seul sage détenteur de la vérité, ce que je devais penser au juste de Shakespeare, de Saintine, de Sophocle, d'Euripide, de Silvio Pellico que j'avais lu pendant un mois de mars très froid, marchant, tapant des pieds, courant par les chemins, chaque fois que je venais de fermer le livre dans l'exaltation de la lecture finie, des forces accumulées dans l'immobilité, et du vent salubre qui soufflait dans les rues du village. J'aurais voulu surtout qu'il me dît si j'avais plus de chance d'arriver à la vérité en redoublant ou non ma sixième et en étant plus tard diplomate ou avocat à la Cour de cassation. Mais aussitôt la belle phrase finie il se mettait à décrire une table couverte « d'une telle couche de poussière qu'un doigt aurait pu y tracer des caractères », chose trop insignifiante à mes yeux pour que je pusse même y arrêter mon attention ; et j'en étais réduit à me demander quels autres livres Gautier avait écrits qui contenteraient mieux mon aspiration et me feraient connaître enfin sa pensée tout entière.

Et c'est là, en effet, un des grands et merveilleux caractères des beaux livres (et qui nous fera comprendre le rôle à la fois essentiel et limité que la lecture peut jouer dans notre vie spirituelle) que pour l'auteur ils pourraient s'appeler « Conclusions » et pour le lecteur « Incitations ». Nous sentons très bien que notre sagesse commence où celle de l'auteur finit, et nous voudrions qu'il nous donnât des réponses, quand tout ce qu'il peut faire est de nous donner des désirs. Et ces désirs, il ne peut les éveiller en nous qu'en nous faisant contempler la beauté suprême à laquelle le dernier effort de son art lui a permis d'atteindre. Mais par une loi singulière et d'ailleurs providentielle de l'optique des esprits (loi qui signifie peut-être que nous ne pouvons recevoir la vérité de personne, et que nous devons la créer nous-même), ce qui est le terme de leur sagesse ne nous apparaît que comme le commencement de la nôtre, de sorte que c'est au moment où ils nous ont dit tout ce qu'ils pouvaient nous dire qu'ils font naître en nous le sentiment qu'ils ne nous ont encore rien dit. D'ailleurs, si nous leur posons des questions auxquelles ils ne peuvent pas répondre, nous leur demandons aussi des réponses qui ne nous instruiraient pas. Car c'est un effet de l'amour que les poètes éveillent en nous de nous faire attacher une importance littérale à des choses qui ne sont pour eux que significatives d'émotions personnelles. Dans chaque tableau qu'ils nous montrent, ils ne semblent nous donner qu'un léger aperçu d'un site merveilleux, différent du reste du monde, et au cœur duquel nous voudrions qu'ils nous fissent pénétrer. « Menez-nous », voudrions-nous pouvoir dire à M. Maeterlinck, à Mme de Noailles, « "dans le jardin de Zélande où croissent les fleurs démodées", sur la route parfumée "de trèfle et d'armoise" et dans tous les endroits de la terre dont vous ne nous avez pas parlé dans vos livres, mais que vous jugez aussi beaux que ceux-là. » Nous voudrions aller voir ce champ que Millet (car les peintres nous enseignent à la façon des poètes) nous montre dans son *Printemps*, nous voudrions que M. Claude Monet nous conduisît à Giverny, au bord de la Seine, à ce coude de la rivière qu'il nous laisse à peine distinguer à travers la brume du matin. Or, en réalité, ce sont de simples hasards de relations ou de parenté qui, en leur donnant l'occasion de passer ou de séjourner auprès d'eux, ont fait choisir pour les peindre à Mme de Noailles, à Maeterlinck, à Millet, à Claude Monet, cette route, ce jardin, ce champ, ce coude de rivière, plutôt que tels autres. Ce qui nous les fait paraître autres et plus beaux que le reste du monde, c'est qu'ils portent sur eux comme un reflet insaisissable l'impression qu'ils ont donnée au génie, et que nous verrions errer aussi singulière et aussi despotique sur la face indifférente et soumise de tous les pays qu'il aurait peints. Cette apparence avec laquelle ils nous charment et nous déçoivent et au-delà de laquelle nous voudrions aller, c'est l'essence même de cette chose en quelque sorte sans épaisseur — mirage arrêté sur une toile — qu'est une vision. Et cette brume que nos yeux avides voudraient percer, c'est le dernier mot de l'art du peintre. Le suprême effort de l'écrivain comme de l'artiste n'aboutit qu'à soulever partiellement pour nous le voile de laideur et d'insignifiance qui nous laisse incurieux devant l'univers. Alors, il nous dit : « Regarde, regarde,

Parfumés de trèfle et d'armoise,
Serrant leurs vifs ruisseaux étroits
Les pays de l'Aisne et de l'Oise.

« Regarde la maison de Zélande, rose et luisante comme un coquillage. Regarde ! Apprends à voir ! » Et à ce moment il disparaît. Tel est le prix de la lecture et telle est aussi son insuffisance. C'est donner un trop grand rôle à ce qui n'est qu'une initiation d'en faire une discipline. La lecture est au seuil de la vie spirituelle ; elle peut nous y introduire : elle ne la constitue pas.

Il est cependant certains cas, certains cas pathologiques pour ainsi dire, de dépression spirituelle, où la lecture peut devenir une sorte de discipline curative et être chargée, par des incitations répétées, de réintroduire perpétuellement un esprit paresseux dans la vie de l'esprit. Les livres jouent alors auprès de lui un rôle analogue à celui des psychothérapeutes auprès de certains neurasthéniques.

On sait que, dans certaines affections du système nerveux, le malade, sans qu'aucun de ses organes soit lui-même atteint, est enlisé dans une sorte d'impossibilité de vouloir, comme dans une ornière profonde, d'où il ne peut se tirer seul, et où il finirait par dépérir, si une main puissante et secourable ne lui était tendue. Son cerveau, ses jambes, ses poumons, son estomac, sont intacts. Il n'a aucune incapacité réelle de travailler, de marcher, de s'exposer au froid, de manger. Mais ces différents actes, qu'il serait très capable d'accomplir, il est incapable de les vouloir. Et une déchéance organique qui finirait par devenir l'équivalent des maladies qu'il n'a pas serait la conséquence irrémédiable de l'inertie de sa volonté, si l'impulsion qu'il ne peut trouver en lui-même ne lui venait de dehors, d'un médecin qui voudra pour lui, jusqu'au jour où seront peu à peu rééduqués ses divers vouloirs organiques. Or, il existe certains esprits qu'on pourrait comparer à ces malades et qu'une sorte de paresse[1] ou

1. Je la sens en germe chez Fontanes, dont Sainte-Beuve a dit : « Ce côté épicurien était bien fort chez lui… sans ces habitudes un peu matérielles, Fontanes avec son talent aurait produit bien davantage… et des œuvres plus durables. » Notez que l'impuissant prétend toujours qu'il ne l'est pas. Fontanes dit :

Je perds mon temps s'il faut les croire,
Eux seuls du siècle sont l'honneur

et assure qu'il travaille beaucoup.

Le cas de Coleridge est déjà plus pathologique. « Aucun homme de son temps, ni peut-être d'aucun temps, dit Carpenter (cité par M. Ribot dans son beau livre sur les Maladies de la Volonté), n'a réuni plus que Coleridge la puissance du raisonnement du philosophe, l'imagination du poète, etc. Et pourtant, il n'y a personne qui, étant doué d'aussi remarquables talents, en ait tiré si peu ; le grand défaut de son caractère était le manque de volonté pour mettre ses dons naturels à profit, si bien qu'ayant toujours flottant dans l'esprit de gigantesques projets, il n'a jamais essayé sérieusement d'en exécuter un seul. Ainsi, dès le début de sa carrière, il trouva un libraire généreux qui lui promit de frivolité empêche de descendre spontanément dans les régions profondes de soi-même où commence la véritable vie de l'esprit. Ce n'est pas qu'une fois qu'on les y a conduits ils ne soient capables d'y découvrir et d'y exploiter de véritables richesses, mais, sans cette intervention étrangère, ils vivent à la surface dans un perpétuel oubli d'eux-mêmes, dans une sorte de passivité qui les rend le jouet de tous les plaisirs, les diminue à la taille de ceux qui les entourent et les agitent, et, pareils à ce gentilhomme qui, partageant depuis son enfance la vie des voleurs de grand chemin, ne se souvenait plus de son nom pour avoir depuis trop longtemps cessé de le porter, ils finiraient par abolir en eux tout sentiment et tout souvenir de leur noblesse spirituelle, si une impulsion extérieure ne venait les réintroduire en quelque sorte de force dans la vie de l'esprit, où ils retrouvent subitement la puis-

---

trente guinées pour des poèmes qu'il avait récités, etc. Il préféra venir toutes les semaines mendier sans fournir une seule ligne de ce poème qu'il n'aurait eu qu'à écrire pour se libérer. »

sance de penser par eux-mêmes et de créer. Or, cette impulsion que l'esprit paresseux ne peut trouver en lui-même et qui doit lui venir d'autrui, il est clair qu'il doit la recevoir au sein de la solitude hors de laquelle, nous l'avons vu, ne peut se produire cette activité créatrice qu'il s'agit précisément de ressusciter en lui. De la pure solitude l'esprit paresseux ne pourrait rien tirer, puisqu'il est incapable de mettre de lui-même en branle son activité créatrice. Mais la conversation la plus élevée, les conseils les plus pressants ne lui serviraient non plus à rien, puisque cette activité originale ils ne peuvent la produire directement. Ce qu'il faut donc, c'est une intervention qui, tout en venant d'un autre, se produise au fond de nous-mêmes, c'est bien l'impulsion d'un autre esprit, mais reçue au sein de la solitude. Or, nous avons vu que c'était précisément là la définition de la lecture, et qu'à la lecture seule elle convenait. La seule discipline qui puisse exercer une influence favorable sur de tels esprits, c'est donc la lecture : ce qu'il fallait démontrer, comme disent les géomètres. Mais, là encore, la lecture n'agit qu'à la façon d'une incitation qui ne peut en rien se substituer à notre activité personnelle ; elle se contente de nous en rendre l'usage, comme, dans les affections nerveuses auxquelles nous faisions allusion tout à l'heure, le psychothérapeute ne fait que restituer au malade la volonté de se servir de son estomac, de ses jambes, de son cerveau, restés intacts. Soit d'ailleurs que tous les esprits participent plus ou moins à cette paresse, à cette stagnation dans les bas niveaux, soit que, sans lui être nécessaire, l'exaltation qui suit certaines lectures ait une influence propice sur le travail personnel, on cite plus d'un écrivain qui aimait à lire une belle page avant de se mettre au travail. Emerson commençait rarement à écrire sans relire quelques pages de Platon. Et Dante n'est pas le seul poète que Virgile ait conduit jusqu'au seuil du paradis.

Tant que la lecture est pour nous l'initiatrice dont les clefs magiques nous ouvrent au fond de nous-mêmes la porte des demeures où nous n'aurions pas su pénétrer, son rôle dans notre vie est salutaire. Il devient dangereux au contraire quand, au lieu de nous éveiller à la vie personnelle de l'esprit, la lecture tend à se substituer à elle, quand la vérité ne nous apparaît plus comme un idéal que nous ne pouvons réaliser que par le progrès intime de notre pensée et par l'effort de notre cœur, mais comme une chose matérielle, déposée entre les feuillets des livres comme un miel tout préparé par les autres et que nous n'avons qu'à prendre la peine d'atteindre sur les rayons des bibliothèques et de déguster ensuite passivement dans un parfait repos de corps et d'esprit. Parfois même, dans certains cas un peu exceptionnels, et d'ailleurs, nous le verrons, moins dangereux, la vérité, conçue comme extérieure encore, est lointaine, cachée dans un lieu d'accès difficile. C'est alors quelque document secret, quelque correspondance inédite, des mémoires qui peuvent jeter sur certains caractères un jour inattendu, et dont il est difficile d'avoir communication. Quel bonheur, quel repos pour un esprit fatigué de chercher la vérité en lui-même de se dire qu'elle est située hors de lui, aux feuillets d'un in-folio jalousement conservé dans un couvent de Hollande, et que si, pour arriver jusqu'à elle, il faut se donner de la peine, cette peine sera toute matérielle, ne sera pour la pensée qu'un délassement plein de charme. Sans doute, il faudra faire un long voyage, traverser en coche d'eau les plaines gémissantes de vent, tandis que sur la rive les roseaux s'inclinent et se relèvent tour à tour dans une ondulation sans fin ; il faudra s'arrêter à Dordrecht, qui mire son église couverte de lierre dans l'entrelacs des canaux dormants et dans la Meuse frémissante et dorée où les vaisseaux en glissant dérangent, le soir, les reflets alignés des toits rouges et du ciel bleu ; et enfin, arrivé au terme du voyage, on ne sera pas encore certain de recevoir communication de la vérité. Il faudra pour cela faire jouer de puissantes influences, se lier avec le vénérable archevêque d'Utrecht, à la belle figure carrée d'ancien janséniste, avec le pieux gardien des archives d'Amersfoort. La conquête de la vérité est conçue dans ces cas-là comme le succès d'une sorte de mission diplomatique où n'ont manqué ni les difficultés du voyage, ni les hasards de la négociation. Mais, qu'importe ? Tous ces membres de la vieille petite église d'Utrecht, de la bonne volonté, de qui il dépend que nous entrions en possession de la vérité, sont des gens charmants dont les visages du XVIIe siècle nous changent des figures accoutumées et avec qui il sera si amusant de rester en relations, au moins par correspondance. L'estime dont ils continueront à nous envoyer de temps à autre le témoignage nous relèvera à nos propres yeux et nous garderons leurs lettres comme un certificat et comme une curiosité. Et nous ne manquerons pas un jour de leur dédier un de nos livres, ce qui est bien le moins que l'on puisse faire pour des gens qui vous ont fait don… de la vérité. Et quant aux quelques recherches, aux courts travaux que nous serons obligés de faire dans la bibliothèque du couvent et qui seront les préliminaires indispensables de l'acte d'entrée en possession de la vérité — de la vérité que pour plus de prudence et pour qu'elle ne risque pas de nous échapper nous prendrons en note — nous aurions mauvaise grâce à nous plaindre des peines qu'ils pourront nous donner : le calme et la fraîcheur du vieux couvent sont si exquis, où les religieuses portent encore le haut hennin aux ailes blanches qu'elles ont dans le Roger Van der Weyden du parloir ; et, pendant que nous travaillons, les carillons du XVIIe siècle étourdissent si tendrement l'eau naïve du canal qu'un peu de soleil pâle suffit à éblouir entre la double rangée d'arbres dépouillés dès la fin de l'été qui frôlent les miroirs accrochés aux maisons à pignons des deux rives[1].

1. Je n'ai pas besoin de dire qu'il serait inutile de chercher ce couvent près d'Utrecht et que tout ce morceau est de pure imagination. Il m'a pourtant été suggéré par les lignes suivantes de M. Léon Séché dans son ouvrage sur Sainte-Beuve : « Il (Sainte-Beuve) s'avisa un jour, pendant qu'il était à Liège, de prendre langue avec la petite église d'Utrecht. C'était un peu tard, mais Utrecht était bien loin de Paris et je ne sais pas si *Volupté* aurait suffi à lui ouvrir à deux battants les archives d'Amersfoort. J'en doute un peu, car même après les deux premiers volumes de son *Port-Royal*, le pieux savant qui avait alors la garde de ces archives, etc. Sainte-Beuve obtint avec peine du bon M. Karsten la permission d'entrebâiller certains cartons… Ouvrez la deuxième édition de *Port-Royal* et vous verrez la reconnaissance que Sainte-Beuve témoigna à M. Karsten » (Léon Séché, *Sainte-Beuve*, tome I, pages 229 et suivantes). Quant aux détails du voyage, ils reposent tous sur des impressions vraies. Je ne sais si on passe par Dordrecht pour aller à Utrecht, mais c'est bien telle

Cette conception d'une vérité sourde aux appels de la réflexion et docile au jeu des influences, d'une vérité qui s'obtient par lettres de recommandations, que nous remet en mains propres celui qui la détenait matériellement sans peut-être seulement la connaître, d'une vérité qui se laisse copier sur un carnet, cette conception de la vérité est pourtant loin d'être la plus dangereuse de toutes. Car bien souvent pour l'historien, même pour l'érudit, cette vérité qu'ils vont chercher au loin dans un livre est moins, à proprement parler, la vérité elle-même que son indice ou sa preuve, laissant par conséquent place à une autre vérité qu'elle annonce ou qu'elle vérifie et qui, elle, est du moins une création individuelle de leur esprit. Il n'en est pas de même pour le let-

---

que je l'ai vue que j'ai décrit Dordrecht. Ce n'est pas en allant à Utrecht, mais à Vollendam, que j'ai voyagé en coche d'eau, entre les roseaux. Le canal que j'ai placé à Utrecht est à Delft. J'ai vu à l'hôpital de Beaune un Van der Weyden, et des religieuses d'un ordre venu, je crois, des Flandres, qui portent encore la même coiffe non que dans le Roger Van der Weyden, mais que dans d'autres tableaux vus en Hollande.

tré. Lui, lit pour lire, pour retenir ce qu'il a lu. Pour lui, le livre n'est pas l'ange qui s'envole aussitôt qu'il a ouvert les portes du jardin céleste, mais une idole immobile, qu'il adore pour elle-même, qui, au lieu de recevoir une dignité vraie des pensées qu'elle éveille, communique une dignité factice à tout ce qui l'entoure. Le lettré invoque en souriant en l'honneur de tel nom qu'il se trouve dans Villehardouin ou dans Boccace[1], en faveur de tel usage qu'il est décrit dans Virgile. Son esprit sans activité originale ne sait pas isoler dans les livres la substance qui pourrait le rendre plus fort ;

1. Le snobisme pur est plus innocent. Se plaire dans la société de quelqu'un parce qu'il a eu un ancêtre aux croisades, c'est de la vanité, l'intelligence n'a rien à voir à cela. Mais se plaire dans la société de quelqu'un parce que le nom de son grand-père se retrouve souvent dans Alfred de Vigny ou dans Chateaubriand, ou (séduction vraiment irrésistible pour moi, je l'avoue) avoir le blason de sa famille (il s'agit d'une femme bien digne d'être admirée sans cela) dans la grande Rose de Notre-Dame d'Amiens, voilà où le péché intellectuel commence. Je l'ai du reste analysé trop longuement ailleurs, quoiqu'il me reste beaucoup à en dire, pour avoir à y insister autrement ici.

il s'encombre de leur forme intacte, qui, au lieu d'être pour lui un élément assimilable, un principe de vie, n'est qu'un corps étranger, un principe de mort. Est-il besoin de dire que si je qualifie de malsains ce goût, cette sorte de respect fétichiste pour les livres, c'est relativement à ce que seraient les habitudes idéales d'un esprit sans défauts qui n'existe pas, et comme font les physiologistes qui décrivent un fonctionnement d'organes normal tel qu'il ne s'en rencontre guère chez les êtres vivants. Dans la réalité, au contraire, où il n'y a pas plus d'esprits parfaits que de corps entièrement sains, ceux que nous appelons les grands esprits sont atteints comme les autres de cette « maladie littéraire ». Plus que les autres, pourrait-on dire. Il semble que le goût des livres croisse avec l'intelligence, un peu au-dessous d'elle, mais sur la même tige, comme toute passion s'accompagne d'une prédilection pour ce qui entoure son objet, a du rapport avec lui, dans l'absence lui en parle encore. Aussi, les plus grands écrivains, dans les heures où ils ne sont pas en communication directe avec la pensée, se plaisent dans la société des livres. N'est-ce pas surtout pour eux, du reste, qu'ils ont été écrits ; ne leur dévoilent-ils pas mille beautés, qui restent cachées au vulgaire ? À vrai dire, le fait que des esprits supérieurs soient ce que l'on appelle livresques ne prouve nullement que cela ne soit pas un défaut de l'être. De ce que les hommes médiocres sont souvent travailleurs et les intelligents souvent paresseux, on ne peut pas conclure que le travail n'est pas pour l'esprit une meilleure discipline que la paresse. Malgré cela, rencontrer chez un grand homme un de nos défauts nous incline toujours à nous demander si ce n'était pas au fond une qualité méconnue, et nous n'apprenons pas sans plaisir qu'Hugo savait Quinte-Curce, Tacite et Justin par cœur, qu'il était en mesure, si on contestait devant lui la légitimité d'un terme[1], d'en établir la filiation, jusqu'à l'origine, par des citations qui prouvaient une véritable érudition. (J'ai montré ailleurs comment cette érudition avait chez lui nourri le génie au

1. Paul Stapfer : *Souvenirs sur Victor Hugo*, parus dans la *Revue de Paris*.

lieu de l'étouffer, comme un paquet de fagots qui éteint un petit feu et en accroît un grand.) Maeterlinck, qui est pour nous le contraire du lettré, dont l'esprit est perpétuellement ouvert aux mille émotions anonymes communiquées par la ruche, le parterre ou l'herbage, nous rassure grandement, sur les dangers de l'érudition, presque de la bibliophilie, quand il nous décrit en amateur les gravures qui ornent une vieille édition de Jacob Cats ou de l'abbé Sandrus. Ces dangers, d'ailleurs, quand ils existent, menaçant beaucoup moins l'intelligence que la sensibilité, la capacité de lecture profitable, si l'on peut ainsi dire, est beaucoup plus grande chez les penseurs que chez les écrivains d'imagination. Schopenhauer, par exemple, nous offre l'image d'un esprit dont la vitalité porte légèrement la plus énorme lecture, chaque connaissance nouvelle étant immédiatement réduite à la part de réalité, à la portion vivante qu'elle contient.

Schopenhauer n'avance jamais une opinion sans l'appuyer aussitôt sur plusieurs citations, mais on sent que les textes cités ne sont pour lui que des exemples, des allusions inconscientes et anticipées où il aime à retrouver quelques traits de sa propre pensée, mais qui ne l'ont nullement inspirée. Je me rappelle une page du *Monde comme Représentation et comme Volonté* où il y a peut-être vingt citations à la file. Il s'agit du pessimisme (j'abrège naturellement les citations) : « Voltaire, dans *Candide*, fait la guerre à l'optimisme d'une manière plaisante. Byron l'a faite, à sa façon tragique, dans *Caïn*. Hérodote rapporte que les Thraces saluaient le nouveau-né par des gémissements et se réjouissaient à chaque mort. C'est ce qui est exprimé dans les beaux vers que nous rapporte Plutarque : "Lugere genitum, tanta qui intravit mala", etc. C'est à cela qu'il faut attribuer la coutume des Mexicains de souhaiter, etc., et Swift obéissait au même sentiment quand il avait coutume dès sa jeunesse (à en croire sa biographie par Walter Scott) de célébrer le jour de sa naissance comme un jour d'affliction. Chacun connaît ce passage de *L'Apologie de Socrate* où Platon dit que la mort est un bien admirable. Une maxime d'Héraclite était conçue de même : "Vitæ nomen quidem est vita, opus autem mors." Quant aux beaux vers de Théognis ils sont célèbres : "Optima sors homini non esse", etc. Sophocle, dans l'*Œdipe à Colone* (1224), en donne l'abrégé suivant : "Natum non esse sortes vincit alias omnes", etc. Euripide dit : "Omnis hominum vita est plena dolore" (*Hippolyte*, 189), et Homère l'avait déjà dit : "Non enim quidquam alicubi est calamitosius homine omnium, quotquot super terram spirant", etc. D'ailleurs Pline l'a dit aussi : "Nullum melius esse tempestiva morte." Shakespeare met ces paroles dans la bouche du vieux roi Henri IV : "O, if this were seen — The happiest youth, — Would shut the book and sit him down and die." Byron enfin : "Tis something better not to be." Balthazar Gracian nous dépeint l'existence sous les plus noires couleurs dont le *Criticon*, etc.[1] » Si je ne m'étais déjà laissé entraîner trop loin par Schopenhauer, j'aurais eu plaisir à compléter cette petite démonstration, à l'aide des

1. Schopenhauer, *Le Monde comme Représentation et comme Volonté* (chapitre de la Vanité et des Souffrances de la Vie).

Aphorismes sur la Sagesse dans la Vie, qui est peut-être de tous les ouvrages que je connais celui qui suppose chez un auteur, avec le plus de lecture, le plus d'originalité, de sorte qu'en tête de ce livre, dont chaque page renferme plusieurs citations, Schopenhauer a pu écrire le plus sérieusement du monde : « Compiler n'est pas mon fait. »

Sans doute, l'amitié, l'amitié qui a égard aux individus, est une chose frivole, et la lecture est une amitié. Mais du moins c'est une amitié sincère, et le fait qu'elle s'adresse à un mort, à un absent, lui donne quelque chose de désintéressé, de presque touchant. C'est de plus une amitié débarrassée de tout ce qui fait la laideur des autres. Comme nous ne sommes tous, nous les vivants, que des morts qui ne sont pas encore entrés en fonctions, toutes ces politesses, toutes ces salutations dans le vestibule que nous appelons déférence, gratitude, dévouement et où nous mêlons tant de mensonges, sont stériles et fatigantes. De plus, — dès les premières relations de sympathie, d'admiration, de reconnaissance, — les premières paroles que nous prononçons, les premières lettres que nous écrivons, tissent autour de nous les premiers fils d'une toile d'habitudes, d'une véritable manière d'être, dont nous ne pouvons plus nous débarrasser dans les amitiés suivantes ; sans compter que pendant ce temps-là les paroles excessives que nous avons prononcées restent comme des lettres de change que nous devons payer, ou que nous paierons plus cher encore toute notre vie des remords de les avoir laissé protester. Dans la lecture, l'amitié est soudain ramenée à sa pureté première. Avec les livres, pas d'amabilité. Ces amis-là, si nous passons la soirée avec eux, c'est vraiment que nous en avons envie. Eux, du moins, nous ne les quittons souvent qu'à regret. Et quand nous les avons quittés, aucune de ces pensées qui gâtent l'amitié : Qu'ont-ils pensé de nous ? — N'avons-nous pas manqué de tact ? — Avons-nous plu ? — et la peur d'être oublié pour tel autre. Toutes ces agitations de l'amitié expirent au seuil de cette amitié pure et calme qu'est la lecture. Pas de déférence non plus ; nous ne rions de ce que dit Molière que dans la mesure exacte où nous le trouvons drôle ; quand il nous ennuie nous n'avons pas peur d'avoir l'air ennuyé, et quand nous avons décidément assez d'être avec lui, nous le remettons à sa place aussi brusquement que s'il n'avait ni génie ni célébrité. L'atmosphère de cette pure amitié est le silence, plus pur que la parole. Car nous parlons pour les autres, mais nous nous taisons pour nous-mêmes. Aussi le silence ne porte pas, comme la parole, la trace de nos défauts, de nos grimaces. Il est pur, il est vraiment une atmosphère. Entre la pensée de l'auteur et la nôtre il n'interpose pas ces éléments irréductibles réfractaires à la pensée, de nos égoïsmes différents. Le langage même du livre est pur (si le livre mérite ce nom), rendu transparent par la pensée de l'auteur qui en a retiré tout ce qui n'était pas elle-même jusqu'à le rendre son image fidèle ; chaque phrase, au fond, ressemblant aux autres, car toutes sont dites par l'inflexion unique d'une personnalité ; de là une sorte de continuité, que les rapports de la vie et ce qu'ils mêlent à la pensée d'éléments qui lui sont étrangers excluent et qui permet très vite de suivre la ligne même de la pensée de l'auteur, les traits de sa physionomie qui se reflètent dans ce calme miroir. Nous savons nous plaire tour à tour aux traits de chacun sans avoir besoin qu'ils soient admirables, car c'est un grand plaisir pour l'esprit de distinguer ces peintures profondes et d'aimer d'une amitié sans égoïsme, sans phrases, comme en soi-même. Un Gautier, simple bon garçon plein de goût (cela nous amuse de penser qu'on a pu le considérer comme le représentant de la perfection dans l'art), nous plaît ainsi. Nous ne nous exagérons pas sa puissance spirituelle, et dans son *Voyage en Espagne*, où chaque phrase, sans qu'il s'en doute, accentue et poursuit le trait plein de grâce et de gaîté de sa personnalité (les mots se rangeant d'eux-mêmes pour la dessiner, parce que c'est elle qui les a choisis et disposés dans leur ordre), nous ne pouvons nous empêcher de trouver bien éloignée de l'art véritable cette obligation à laquelle il croit devoir s'astreindre de ne pas laisser une seule forme sans la décrire entièrement, en l'accompagnant d'une comparaison qui, n'étant née d'aucune impression agréable et forte, ne nous charme nullement. Nous ne pouvons qu'accuser la pitoyable sécheresse de son imagination quand il compare la campagne avec ses cultures variées « à ces cartes de tailleurs où sont collés les échantillons de pantalons et de gilets » et quand il dit que de Paris à Angoulême il n'y a rien à admirer. Et nous sourions de ce gothique fervent qui n'a même pas pris la peine d'aller à Chartres visiter la cathédrale[1].

Mais quelle bonne humeur, quel goût ! comme nous le suivons volontiers dans ses aventures, ce compagnon plein d'entrain ; il est si sympathique que tout autour de lui nous le devient. Et après les quelques jours qu'il a passés auprès du commandant Lebarbier de Tinan, retenu par la tempête à bord de son beau vaisseau « étincelant comme de l'or », nous sommes tristes qu'il ne nous dise plus un mot de cet aimable marin et nous le fasse quitter pour toujours sans nous apprendre ce qu'il est devenu[2].

1. « Je regrette d'avoir passé par Chartres sans avoir pu voir la cathédrale. » (*Voyage en Espagne*, p. 2.)

2. Il devint, me dit-on, le célèbre amiral de Tinan, père de Mme Pochet de Tinan, dont le nom est resté cher aux artistes, et le grand-père du brillant officier de

Nous sentons bien que sa gaîté hâbleuse et ses mélancolies aussi sont chez lui habitudes un peu débraillées de journaliste. Mais nous lui passons tout cela, nous faisons ce qu'il veut, nous nous amusons quand il rentre trempé jusqu'aux os, mourant de faim et de sommeil, et nous nous attristons quand il récapitule avec une tristesse de feuilletoniste les noms des hommes de sa génération morts avant l'heure. Nous disions à propos de lui que ses phrases dessinaient sa physionomie, mais sans qu'il s'en doutât ; car si les mots sont choisis, non par notre pensée selon les affinités de son essence, mais par notre désir de nous peindre, il représente ce désir et ne nous représente pas. Fromentin, Musset, malgré tous leurs dons, parce qu'ils ont voulu laisser leur portrait à la postérité, l'ont peint fort médiocre ; encore nous intéressent-ils infiniment même par là, car leur échec est instructif. De sorte que quand

cavalerie. — C'est lui aussi, je pense, qui devant Gaëte, assura quelque temps le ravitaillement et les communications de François II et de la reine de Naples. (Voir Pierre de la Gorce, *Histoire du second Empire*.)

un livre n'est pas le miroir d'une individualité puissante, il est encore le miroir de défauts curieux de l'esprit. Penchés sur un livre de Fromentin ou sur un livre de Musset, nous apercevons au fond du premier ce qu'il y a de court et de niais, dans une certaine « distinction », au fond du second, ce qu'il y a de vide dans l'éloquence.

Si le goût des livres croît avec l'intelligence, ses dangers, nous l'avons vu, diminuent avec elle. Un esprit original sait subordonner la lecture à son activité personnelle. Elle n'est plus pour lui que la plus noble des distractions, la plus ennoblissante surtout, car, seuls, la lecture et le savoir donnent les « belles manières » de l'esprit. La puissance de notre sensibilité et de notre intelligence, nous ne pouvons la développer qu'en nous-mêmes, dans les profondeurs de notre vie spirituelle. Mais c'est dans ce contact avec les autres esprits qu'est la lecture, que se fait l'éducation des « façons » de l'esprit. Les lettrés restent, malgré tout, comme les gens de qualité de l'intelligence, et ignorer certain livre, certaine particularité de la science littéraire, restera toujours, même chez un homme de génie, une marque de roture intellectuelle. La distinction et la noblesse consistent dans l'ordre de la pensée aussi, dans une sorte de franc-maçonnerie d'usages, et dans un héritage de traditions[1].

Très vite, dans ce goût et ce divertissement de lire, la préférence des grands écrivains va aux livres des anciens. Ceux mêmes qui parurent à leurs contemporains le plus « romantiques » ne lisaient guère que les classiques. Dans la conversation de Victor Hugo, quand il parle de ses lectures, ce sont les noms de Molière, d'Horace, d'Ovide, de Regnard, qui reviennent le plus souvent. Alphonse Daudet, le moins livresque des écrivains, dont l'œuvre toute de modernité et de vie semble avoir rejeté tout héritage classique, lisait, citait, commentait sans

1. La distinction vraie, du reste, feint toujours de ne s'adresser qu'à des personnes distinguées qui connaissent les mêmes usages, et elle n'« explique » pas. Un livre d'Anatole France sous-entend une foule de connaissances érudites, renferme de perpétuelles allusions que le vulgaire n'y aperçoit pas et qui en font, en dehors de ses autres beautés, l'incomparable noblesse.

cesse Pascal, Montaigne, Diderot, Tacite[1]. On pourrait presque aller jusqu'à dire, renouvelant peut-être, par cette interprétation d'ailleurs toute partielle, la vieille distinction entre classiques et romantiques, que ce sont les publics (les publics intelligents, bien entendu) qui sont romantiques,

1. C'est pour cela sans doute que souvent, quand un grand écrivain fait de la critique, il parle beaucoup des éditions qu'on donne d'ouvrages anciens, et très peu des livres contemporains. Exemple les *Lundis* de Sainte-Beuve et la *Vie littéraire* d'Anatole France. Mais tandis que M. Anatole France juge à merveille ses contemporains, on peut dire que Sainte-Beuve a méconnu tous les grands écrivains de son temps. Et qu'on n'objecte pas qu'il était aveuglé par des haines personnelles. Après avoir incroyablement rabaissé le romancier chez Stendhal, il célèbre, en manière de compensation, la modestie, les procédés délicats de l'homme, comme s'il n'y avait rien d'autre de favorable à en dire ! Cette cécité de Sainte-Beuve, en ce qui concerne son époque, contraste singulièrement avec ses prétentions à la clairvoyance, à la prescience. « Tout le monde est fort, dit-il, dans *Chateaubriand et son groupe littéraire*, à prononcer sur Racine et Bossuet… Mais la sagacité du juge, la perspicacité du critique, se prouve surtout sur des écrits neufs, non encore essayés du public. Juger à première vue, deviner, devancer, voilà le don critique. Combien peu le possèdent. »

tandis que les maîtres (même les maîtres dits romantiques, les maîtres préférés des publics romantiques) sont classiques. (Remarque qui pourrait s'étendre à tous les arts. Le public va entendre la musique de M. Vincent d'Indy, M. Vincent d'Indy relit celle de Monsigny[1]. Le public va aux expositions de M. Vuillard et de M. Mau-

1. Et, réciproquement, les classiques n'ont pas de meilleurs commentateurs que les « romantiques ». Seuls, en effet, les romantiques savent lire les ouvrages classiques, parce qu'ils les lisent comme ils ont été écrits, romantiquement, parce que, pour bien lire un poète ou un prosateur, il faut être soi-même, non pas érudit, mais poète ou prosateur. Cela est vrai pour les ouvrages les moins « romantiques ». Les beaux vers de Boileau, ce ne sont pas les professeurs de rhétorique qui nous les ont signalés, c'est Victor Hugo :

Et dans quatre mouchoirs de sa beauté salis
Envoie au blanchisseur ses roses et ses lys.

C'est M. Anatole France :

L'ignorance et l'erreur à ses naissantes pièces
En habits de marquis, en robes de comtesses.

Le dernier numéro de *La Renaissance latine* (15 mai 1905) me permet, au moment où je corrige ces épreuves, d'étendre, par un nouvel exemple, cette remarque aux beaux-arts. Elle nous montre, en effet, dans M. Rodin

rice Denis cependant que ceux-ci vont au Louvre.) Cela tient sans doute à ce que cette pensée contemporaine que les écrivains et les artistes originaux rendent accessible et désirable au public, fait dans une certaine mesure tellement partie d'eux-mêmes qu'une pensée différente les divertit mieux. Elle leur demande, pour qu'ils aillent à elle, plus d'effort, et leur donne aussi plus de plaisir ; on aime toujours un peu à sortir de soi, à voyager, quand on lit.

Mais il est une autre cause à laquelle je préfère, pour finir, attribuer cette prédilection des grands esprits pour les ouvrages anciens[1]. C'est qu'ils n'ont pas seulement pour nous, comme les ouvrages contemporains, la beauté qu'y sut mettre l'esprit

---

(article de M. Mauclair) le véritable commentateur de la statuaire grecque.

1. Prédilection qu'eux-mêmes croient généralement fortuite : ils supposent que les plus beaux livres se trouvent par hasard avoir été écrits par les auteurs anciens ; et sans doute cela peut arriver puisque les livres anciens que nous lisons sont choisis dans le passé tout entier, si vaste auprès de l'époque contemporaine. Mais une raison en quelque sorte accidentelle ne peut suffire à expliquer une attitude d'esprit si générale.

qui les créa. Ils en reçoivent une autre plus émouvante encore, de ce que leur matière même, j'entends la langue où ils furent écrits, est comme un miroir de la vie. Un peu du bonheur qu'on éprouve à se promener dans une ville comme Beaune qui garde intact son hôpital du XVe siècle, avec son puits, son lavoir, sa voûte de charpente lambrissée et peinte, son toit à hauts pignons percé de lucarnes que couronnent de légers épis en plomb martelé (toutes ces choses qu'une époque en disparaissant a comme oubliées là, toutes ces choses qui n'étaient qu'à elle, puisque aucune des époques qui l'ont suivie n'en a vu naître de pareilles), on ressent encore un peu de ce bonheur à errer au milieu d'une tragédie de Racine ou d'un volume de Saint-Simon. Car ils contiennent toutes les belles formes de langage abolies qui gardent le souvenir d'usages, ou de façons de sentir qui n'existent plus, traces persistantes du passé à quoi rien du présent ne ressemble et dont le temps, en passant sur elles, a pu seul embellir encore la couleur.

Une tragédie de Racine, un volume des

Mémoires de Saint-Simon ressemblent à de belles choses qui ne se font plus. Le langage dans lequel ils ont été sculptés par de grands artistes avec une liberté qui en fait briller la douceur et saillir la force native, nous émeut comme la vue de certains marbres, aujourd'hui inusités, qu'employaient les ouvriers d'autrefois. Sans doute dans tel de ces vieux édifices la pierre a fidèlement gardé la pensée du sculpteur, mais aussi, grâce au sculpteur, la pierre, d'une espèce aujourd'hui inconnue, nous a été conservée, revêtue de toutes les couleurs qu'il a su tirer d'elle, faire apparaître, harmoniser. C'est bien la syntaxe vivante en France au XVIIe siècle — et en elle des coutumes et un tour de pensée disparus — que nous aimons à trouver dans les vers de Racine. Ce sont les formes mêmes de cette syntaxe, mises à nu, respectées, embellies par son ciseau si franc et si délicat, qui nous émeuvent dans ces tours de langage familiers jusqu'à la singularité et jusqu'à l'audace[1] et dont nous

1. Je crois par exemple que le charme qu'on a l'habitude de trouver à ces vers d'*Andromaque* :

voyons, dans les morceaux les plus doux et les plus tendres, passer comme un trait rapide ou revenir en arrière en belles lignes

---

Pourquoi l'assassiner ? Qu'a-t-il fait ? À quel titre ?
Qui te l'a dit ?

vient précisément de ce que le lien habituel de la syntaxe est volontairement rompu. « À quel titre ? » se rapporte non pas à « Qu'a-t-il fait ? » qui le précède immédiatement, mais à « Pourquoi l'assassiner ? » Et « Qui te l'a dit ? » se rapporte aussi à « assassiner ». (On peut, se rappelant un autre vers d'*Andromaque* : « Qui vous l'a dit, Seigneur, qu'il me méprise ? » supposer que : « Qui te l'a dit ? » est pour « Qui te l'a dit, de l'assassiner ? »). Zigzags de l'expression (la ligne récurrente et brisée dont je parle ci-dessus) qui ne laissent pas d'obscurcir un peu le sens, si bien que j'ai entendu une grande actrice plus soucieuse de la clarté du discours que de l'exactitude de la prosodie dire carrément : « Pourquoi l'assassiner ? À quel titre ? Qu'a-t-il fait ? » Les plus célèbres vers de Racine le sont en réalité parce qu'ils charment ainsi par quelque audace familière de langage jetée comme un pont hardi entre deux rives de douceur. « Je t'aimais inconstant, *qu'aurais-je fait* fidèle. » Et quel plaisir cause la belle rencontre de ces expressions dont la simplicité presque commune donne au sens, comme à certains visages dans Mantegna, une si douce plénitude, de si belles couleurs :

Et dans un fol amour ma jeunesse embarquée…
Réunissons trois cœurs qui n'ont pu s'accorder.

brisées, le brusque dessin. Ce sont ces formes révolues prises à même la vie du passé que nous allons visiter dans l'œuvre de Racine comme dans une cité ancienne et demeurée intacte. Nous éprouvons devant elles la

---

Et c'est pourquoi il convient de lire les écrivains classiques dans le texte, et non de se contenter de morceaux choisis. Les pages illustres des écrivains sont souvent celles où cette contexture intime de leur langage est dissimulée par la beauté, d'un caractère presque universel, du morceau. Je ne crois pas que l'essence particulière de la musique de Gluck se trahisse autant dans tel air sublime que dans telle cadence de ses récitatifs où l'harmonie est comme le son même de la voix de son génie quand elle retombe sur une intonation involontaire où est marquée toute sa gravité naïve et sa distinction, chaque fois qu'on l'entend pour ainsi dire reprendre haleine. Qui a vu des photographies de Saint-Marc de Venise peut croire (et je ne parle pourtant que de l'extérieur du monument) qu'il a une idée de cette église à coupoles, alors que c'est seulement en approchant, jusqu'à pouvoir les toucher avec la main, le rideau diapré de ces colonnes riantes, c'est seulement en voyant la puissance étrange et grave qui enroule des feuilles ou perche des oiseaux dans ces chapiteaux qu'on ne peut distinguer que de près, c'est seulement en ayant sur la place même l'impression de ce monument bas, tout en longueur de façade, avec ses mâts fleuris et son décor de fête, son aspect de « palais d'exposition », qu'on sent éclater dans ces traits significatifs mais accessoires et qu'aucune photographie ne retient, sa véritable et complexe individualité.

même émotion que devant ces formes abolies, elles aussi, de l'architecture, que nous ne pouvons plus admirer que dans les rares et magnifiques exemplaires que nous en a légués le passé qui les façonna : telles que les vieilles enceintes des villes, les donjons et les tours, les baptistères des églises ; telles qu'auprès du cloître, ou sous le charnier de l'Aitre, le petit cimetière qui oublie au soleil, sous ses papillons et ses fleurs, la Fontaine funéraire et la Lanterne des Morts.

Bien plus, ce ne sont pas seulement les phrases qui dessinent à nos yeux les formes de l'âme ancienne. Entre les phrases — et je pense à des livres très antiques qui furent d'abord récités, — dans l'intervalle qui les sépare se tient encore aujourd'hui comme dans un hypogée inviolé, remplissant les interstices, un silence bien des fois séculaire. Souvent dans l'Évangile de saint Luc, rencontrant les *deux-points* qui l'interrompent avant chacun des morceaux presque en forme de cantiques dont il est parsemé[1],

1. « Et Marie dit : "Mon âme exalte le Seigneur et se réjouit en Dieu mon Sauveur", etc. — Zacharie son

j'ai entendu le silence du fidèle, qui venait d'arrêter sa lecture à haute voix pour entonner les versets suivants[1] comme un psaume qui lui rappelait les psaumes plus anciens de la Bible. Ce silence remplissait encore la pause de la phrase qui, s'étant scindée pour l'enclore, en avait gardé la forme ; et plus d'une fois, tandis que je lisais, il m'apporta le parfum d'une rose que la brise entrant par la fenêtre ouverte avait répandu dans la salle haute où se tenait l'Assemblée et qui ne s'était pas évaporé depuis près de deux mille ans. *La Divine Comédie*, les pièces de Shakespeare, donnent aussi l'impression de contempler, inséré dans l'heure actuelle,

---

père fut rempli du Saint-Esprit et il prophétisa en ces mots : "Béni soit le Seigneur, le Dieu d'Israël de ce qu'il a racheté", etc. « Il la reçut dans ses bras, bénit Dieu et dit : "Maintenant, Seigneur, tu laisses ton serviteur s'en aller en paix..." »

1. À vrai dire aucun témoignage positif ne me permet d'affirmer que dans ces lectures le récitant chantât les sortes de psaumes que saint Luc a introduits dans son évangile. Mais il me semble que cela ressort suffisamment du rapprochement de différents passages de Renan et notamment de saint Paul, p. 257 et suiv., les Apôtres, p. 99 et 100, Marc Aurèle, p. 502-503, etc.

un peu de passé ; cette impression si exaltante qui fait ressembler certaines « Journées de lecture » à des journées de flânerie à Venise, sur la Piazetta par exemple, quand on a devant soi, dans leur couleur à demi irréelle de choses situées à quelques pas et à bien des siècles, les deux colonnes de granit gris et rose qui portent sur leurs chapiteaux, l'une le lion de saint Marc, l'autre saint Théodore foulant le crocodile ; ces deux belles et sveltes étrangères sont venues jadis d'Orient sur la mer qui se brise à leurs pieds ; sans comprendre les propos échangés autour d'elles, elles continuent à attarder leurs jours du XIIe siècle dans la foule d'aujourd'hui, sur cette place publique où brille encore distraitement, tout près, leur sourire lointain.

COLLECTION FOLIO 2 €

Dernières parutions

4522. George Sand	*Pauline*
4549. Amaru	*La Centurie. Poèmes amoureux de l'Inde ancienne*
4550. Collectif	*«Mon cher papa…» Des écrivains et leur père*
4551. Joris-Karl Huysmans	*Sac au dos* suivi de *À vau l'eau*
4553. Valery Larbaud	*Mon plus secret conseil…*
4554. Henry Miller	*Lire aux cabinets* précédé d'*Ils étaient vivants et ils m'ont parlé*
4555. Alfred de Musset	*Emmeline* suivi de *Croisilles*
4556. Irène Némirovsky	*Ida* suivi de *La comédie bourgeoise*
4557. Rainer Maria Rilke	*Au fil de la vie. Nouvelles et esquisses*
4558. Edgar Allan Poe	*Petite discussion avec une momie* et autres histoires extraordinaires
4596. Michel Embareck	*Le temps des citrons*
4597. David Shahar	*La moustache du pape* et autres nouvelles
4598. Mark Twain	*Un majestueux fossile littéraire* et autres nouvelles
4618. Stéphane Audeguy	*Petit éloge de la douceur*
4619. Éric Fottorino	*Petit éloge de la bicyclette*
4620. Valentine Goby	*Petit éloge des grandes villes*
4621. Gaëlle Obiégly	*Petit éloge de la jalousie*
4622. Pierre Pelot	*Petit éloge de l'enfance*
4639. Benjamin Constant	*Le Cahier rouge*
4640. Carlos Fuentes	*La Desdichada*
4641. Richard Wright	*L'homme qui a vu l'inondation* suivi de *Là-bas, près de la rivière*
4666. Collectif	*Le pavillon des Parfums-Réunis* et autres nouvelles chinoises des Ming

4667. Thomas Day — *L'automate de Nuremberg*

4668. Lafcadio Hearn — *Ma première journée en Orient* suivi de *Kizuki, le sanctuaire le plus ancien du Japon*

4669. Simone de Beauvoir — *La Femme indépendante*

4670. Rudyard Kipling — *Une vie gaspillée* et autres nouvelles

4671. D.H. Lawrence — *L'épine dans la chair* et autres nouvelles

4672. Luigi Pirandello — *Eau amère* et autres nouvelles

4673. Jules Verne — *Les révoltés de la Bounty* suivi de *Maître Zacharius*

4674. Anne Wiazemsky — *L'île*

4708. Isabelle de Charrière — *Sir Walter Finch et son fils William*

4709. Madame d'Aulnoy — *La Princesse Belle Étoile et le prince Chéri*

4710. Isabelle Eberhardt — *Amours nomades. Nouvelles choisies*

4711. Flora Tristan — *Promenades dans Londres* (extraits)

4737. Joseph Conrad — *Le retour*

4738. Roald Dahl — *Le chien de Claude*

4739. Fédor Dostoïevski — *La femme d'un autre et le mari sous le lit. Une aventure peu ordinaire*

4740. Ernest Hemingway — *La capitale du monde* suivi de *L'heure triomphale de Francis Macomber*

4741. H. P. Lovecraft — *Celui qui chuchotait dans les ténèbres*

4742. Gérard de Nerval — *Pandora* et autres nouvelles

4743. Juan Carlos Onetti — *À une tombe anonyme*

4744. Robert Louis Stevenson — *La chaussée des Merry Men*

4745. Henry David Thoreau — *«Je vivais seul, dans les bois»*

4746. Michel Tournier — *L'aire du Muguet* précédé de *La jeune fille et la mort*

4781. Collectif — *Sur le zinc. Au café avec les écrivains*

4782. Francis Scott Fitzgerald — *L'étrange histoire de Benjamin Button* suivi de *La lie du bonheur*

4783. Lao She — *Le nouvel inspecteur* suivi de *Le croissant de lune*

4784. Guy de Maupassant — *Apparition* et autres contes de l'étrange

4785. D. A. F. de Sade — *Eugénie de Franval. Nouvelle tragique*

4786. Patrick Amine	*Petit éloge de la colère*
4787. Élisabeth Barillé	*Petit éloge du sensible*
4788. Didier Daeninckx	*Petit éloge des faits divers*
4789. Nathalie Kuperman	*Petit éloge de la haine*
4790. Marcel Proust	*La fin de la jalousie* et autres nouvelles
4839. Julian Barnes	*À jamais* et autres nouvelles
4840. John Cheever	*Une Américaine instruite* précédé d'*Adieu, mon frère*
4841. Collectif	*« Que je vous aime, que je t'aime ! » Les plus belles déclarations d'amour*
4842. André Gide	*Souvenirs de la cour d'assises*
4843. Jean Giono	*Notes sur l'affaire Dominici* suivi d'*Essai sur le caractère des personnages*
4844. Jean de La Fontaine	*Comment l'esprit vient aux filles* et autres contes libertins
4845. Yukio Mishima	*Papillon* suivi de *La lionne*
4846. John Steinbeck	*Le meurtre* et autres nouvelles
4847. Anton Tchékhov	*Un royaume de femmes* suivi de *De l'amour*
4848. Voltaire	*L'Affaire du chevalier de La Barre* précédé de *L'Affaire Lally*
4875. Marie d'Agoult	*Premières années (1806-1827)*
4876. Madame de Lafayette	*Histoire de la princesse de Montpensier* et autres nouvelles
4877. Madame Riccoboni	*Histoire de M. le marquis de Cressy*
4878. Madame de Sévigné	*«Je vous écris tous les jours...» Premières lettres à sa fille*
4879. Madame de Staël	*Trois nouvelles*
4911. Karen Blixen	*Saison à Copenhague*
4912. Julio Cortázar	*La porte condamnée* et autres nouvelles fantastiques
4913. Mircea Eliade	*Incognito à Buchenwald...* précédé d'*Adieu !...*
4914. Romain Gary	*Les trésors de la mer Rouge*
4915. Aldous Huxley	*Le jeune Archimède* précédé de *Les Claxton*
4916. Régis Jauffret	*Ce que c'est que l'amour* et autres microfictions

4917. Joseph Kessel — *Une balle perdue*
4919. Junichirô Tanizaki — *Le pont flottant des songes*
4920. Oscar Wilde — *Le portrait de Mr. W. H.*
4953. Eva Almassy — *Petit éloge des petites filles*
4954. Franz Bartelt — *Petit éloge de la vie de tous les jours*
4955. Roger Caillois — *Noé* et autres textes
4956. Casanova — *Madame F.* suivi d'*Henriette*
4957. Henry James — *De Grey, histoire romantique*
4958. Patrick Kéchichian — *Petit éloge du catholicisme*
4959. Michel Lermontov — *La princesse Ligovskoï*
4960. Pierre Péju — *L'idiot de Shanghai* et autres nouvelles
4961. Brina Svit — *Petit éloge de la rupture*
4962. John Updike — *Publicité* et autres nouvelles
5010. Anonyme — *Le Petit-Fils d'Hercule. Un roman libertin*
5011. Marcel Aymé — *La bonne peinture*
5012. Mikhaïl Boulgakov — *J'ai tué* et autres récits
5013. Arthur Conan Doyle — *L'interprète grec* et autres aventures de Sherlock Holmes
5014. Frank Conroy — *Le cas mystérieux de R.* et autres nouvelles
5015. Arthur Conan Doyle — *Une affaire d'identité* et autres aventures de Sherlock Holmes
5016. Cesare Pavese — *Histoire secrète* et autres nouvelles
5017. Graham Swift — *Le sérail* et autres nouvelles
5018. Rabindranath Tagore — *Aux bords du Gange* et autres nouvelles
5019. Émile Zola — *Pour une nuit d'amour* suivi de *L'Inondation*
5060. Anonyme — *L'œil du serpent. Contes folkloriques japonais*
5061. Federico García Lorca — *Romancero gitan* suivi de *Chant funèbre pour Ignacio Sanchez Mejías*
5062. Ray Bradbury — *Le meilleur des mondes possibles* et autres nouvelles
5063. Honoré de Balzac — *La Fausse Maîtresse*
5064. Madame Roland — *Enfance*

5065. Jean-Jacques Rousseau	*« En méditant sur les dispositions de mon âme... »* et autres *Rêveries* suivi de *Mon portrait*
5066. Comtesse de Ségur	*Ourson*
5067. Marguerite de Valois	*Mémoires 1569-1577* (extraits)
5068. Madame de Villeneuve	*La Belle et la Bête*
5069. Louise de Vilmorin	*Sainte-Unefois*
5120. Hans Christian Andersen	*La Vierge des glaces*
5121. Paul Bowles	*L'éducation de Malika*
5122. Collectif	*Au pied du sapin. Contes de Noël*
5123. Vincent Delecroix	*Petit éloge de l'ironie*
5124. Philip K. Dick	*Petit déjeuner au crépuscule* et autres nouvelles
5125. Jean-Baptiste Gendarme	*Petit éloge des voisins*
5126. Bertrand Leclair	*Petit éloge de la paternité*
5127. Alfred de Musset-George Sand	*« Ô mon George, ma belle maîtresse... » Lettres*
5128. Grégoire Polet	*Petit éloge de la gourmandise*
5129. Paul Verlaine	*L'Obsesseur* précédé d'*Histoires comme ça*
5163. Ryûnosuke Akutagawa	*La vie d'un idiot* précédé d'*Engrenage*
5164. Anonyme	*Saga d'Eiríkr le Rouge* suivi de *Saga des Groenlandais*
5165. Antoine Bello	*Go Ganymède!*
5166. Adelbert von Chamisso	*L'étrange histoire de Peter Schlemihl*
5167. Collectif	*L'art du baiser. Les plus beaux baisers de la littérature*
5168. Guy Goffette	*Les derniers planteurs de fumée*
5169. H. P. Lovecraft	*L'horreur de Dunwich*
5170. Léon Tolstoï	*Le Diable*
5184. Alexandre Dumas	*La main droite du sire de Giac* et autres nouvelles
5185. Edith Wharton	*Le miroir* suivi de *Miss Mary Pask*
5231. Théophile Gautier	*La cafetière* et autres contes fantastiques

5232. Claire Messud — *Les Chasseurs*
5233. Dave Eggers — *Du haut de la montagne, une longue descente*
5234. Gustave Flaubert — *Un parfum à sentir ou Les Baladins* suivi de *Passion et vertu*
5235. Carlos Fuentes — *En bonne compagnie* suivi de *La chatte de ma mère*
5236. Ernest Hemingway — *Une drôle de traversée*
5237. Alona Kimhi — *Journal de Berlin*
5239. Kenzaburô Ôé — *Seventeen*
5240. P. G. Wodehouse — *Une partie mixte à trois* et autres nouvelles du green
5290. Jean-Jacques Bernard — *Petit éloge du cinéma d'aujourd'hui*
5291. Jean-Michel Delacomptée — *Petit éloge des amoureux du silence*
5292. Mathieu Terence — *Petit éloge de la joie*
5293. Vincent Wackenheim — *Petit éloge de la première fois*
5294. Richard Bausch — *Téléphone rose* et autres nouvelles
5295. Collectif — *Ne nous fâchons pas ! ou l'art de se disputer au théâtre*
5296. Robin Robertson — *Fiasco ! Des écrivains en scène*
5297. Miguel de Unamuno — *Des yeux pour voir* et autres contes
5298. Jules Verne — *Une fantaisie du Docteur Ox*
5299. Robert Charles Wilson — *YFL-500* suivi du *Mariage de la dryade*
5347. Honoré de Balzac — *Philosophie de la vie conjugale*
5348. Thomas De Quincey — *Le bras de la vengeance*
5349. Charles Dickens — *L'Embranchement de Mugby*
5351. Marcus Malte — *Mon frère est parti ce matin...*
5352. Vladimir Nabokov — *Natacha* et autres nouvelles
5353. Arthur Conan Doyle — *Un scandale en Bohême* suivi d'*Étoile d'argent. Deux aventures de Sherlock Holmes*
5354. Jean Rouaud — *Préhistoires*
5355. Mario Soldati — *Le père des orphelins*
5356. Oscar Wilde — *Maximes* et autres textes
5415. Franz Bartelt — *Une sainte fille* et autres nouvelles
5416. Mikhaïl Boulgakov — *Morphine*

5417. Guillermo Cabrera Infante — *Coupable d'avoir dansé le cha-cha-cha*
5418. Collectif — *Jouons avec les mots. Jeux littéraires*
5419. Guy de Maupassant — *Contes au fil de l'eau*
5420. Thomas Hardy — *Les intrus de la Maison Haute* précédé d'un autre conte du Wessex
5421. Mohamed Kacimi — *La confession d'Abraham*
5422. Orhan Pamuk — *Mon père* et autres textes
5423. Jonathan Swift — *Modeste proposition* et autres textes
5424. Sylvain Tesson — *L'éternel retour*
5462. Lewis Carroll — *Misch-masch* et autres textes de jeunesse
5463. Collectif — *Un voyage érotique. Invitations à l'amour dans la littérature du monde entier*
5465. William Faulkner — *Coucher de soleil* et autres Croquis de La Nouvelle-Orléans
5466. Jack Kerouac — *Sur les origines d'une génération* suivi de *Le dernier mot*
5467. Liu Xinwu — *La Cendrillon du canal* suivi de *Poisson à face humaine*
5468. Patrick Pécherot — *Petit éloge des coins de rue*
5469. George Sand — *Le château de Pictordu*
5471. Martin Winckler — *Petit éloge des séries télé*
5526. Jacques Ellul — « *Je suis sincère avec moi-même* » et autres lieux communs
5527. Liu An — *Du monde des hommes. De l'art de vivre parmi ses semblables*
5531. Jacques de Voragine — *La Légende dorée. Vie et mort de saintes illustres*
5532. Grimm — *Hänsel et Gretel* et autres contes
5590. Anonyme — *Le brahmane et le pot de farine. Contes édifiants du* Pañcatantra
5592. Xun zi — *Traité sur le Ciel* et autres textes
5606. Collectif — *Un oui pour la vie ? Le mariage en littérature*
5607. Éric Fottorino — *Petit éloge du Tour de France*
5608. E. T. A. Hoffmann — *Ignace Denner*

5609. Frédéric Martinez — *Petit éloge des vacances*
5610. Sylvia Plath — *Dimanche chez les Minton* et autres nouvelles
5611. Lucien — *« Sur des aventures que je n'ai pas eues ». Histoire véritable*
5631. Boccace — *Le Décaméron. Première journée*
5632. Isaac Babel — *Une soirée chez l'impératrice* et autres récits
5633. Saul Bellow — *Un futur père* et autres nouvelles
5634. Belinda Cannone — *Petit éloge du désir*
5635. Collectif — *Faites vos jeux ! Les jeux en littérature*
5636. Collectif — *Jouons encore avec les mots. Nouveaux jeux littéraires*
5637. Denis Diderot — *Sur les femmes* et autres textes
5638. Elsa Marpeau — *Petit éloge des brunes*
5639. Edgar Allan Poe — *Le sphinx* et autres contes
5640. Virginia Woolf — *Le quatuor à cordes* et autres nouvelles
5714. Guillaume Apollinaire — *« Mon cher petit Lou ». Lettres à Lou*
5715. Jorge Luis Borges — *Le Sud* et autres fictions
5717. Chamfort — *Maximes* suivi de *Pensées morales*
5718. Ariane Charton — *Petit éloge de l'héroïsme*
5719. Collectif — *Le goût du zen. Recueil de propos et d'anecdotes*
5720. Collectif — *À vos marques ! Nouvelles sportives*
5721. Olympe de Gouges — *« Femme, réveille-toi ! » Déclaration des droits de la femme et de la citoyenne* et autres écrits
5722. Tristan Garcia — *Le saut de Malmö* et autres nouvelles
5723. Silvina Ocampo — *La musique de la pluie* et autres nouvelles
5758. Anonyme — *Fioretti. Légendes de saint François d'Assise*
5760. Leonardo Sciascia — *La tante d'Amérique*
5761. Prosper Mérimée — *La perle de Tolède* et autres nouvelles
5762. Amos Oz — *Chanter* et autres nouvelles
5794. James Joyce — *Un petit nuage* et autres nouvelles
5795. Blaise Cendrars — *L'Amiral*

5797. Ueda Akinari — *La maison dans les roseaux* et autres contes

5798. Alexandre Pouchkine — *Le coup de pistolet* et autres récits de feu Ivan Pétrovitch Bielkine

5818. Mohammed Aïssaoui — *Petit éloge des souvenirs*

5819. Ingrid Astier — *Petit éloge de la nuit*

5820. Denis Grozdanovitch — *Petit éloge du temps comme il va*

5821. Akira Mizubayashi — *Petit éloge de l'errance*

5835. Francis Scott Fitzgerald — *Bernice se coiffe à la garçonne* précédé du *Pirate de la côte*

5837. Montesquieu — *Plaisirs et bonheur* et autres *Pensées*

5838. Ihara Saikaku — *Histoire du tonnelier tombé amoureux* suivi d'*Histoire de Gengobei*

5839. Tang Zhen — *Des moyens de la sagesse* et autres textes

5856. Collectif — *C'est la fête ! La littérature en fêtes*

5896. Collectif — *Transports amoureux. Nouvelles ferroviaires*

5897. Alain Damasio — *So phare away* et autres nouvelles

5898. Marc Dugain — *Les vitamines du soleil*

5899. Louis Charles Fougeret de Monbron — *Margot la ravaudeuse*

5900. Henry James — *Le fantôme locataire* précédé d'*Histoire singulière de quelques vieux habits*

5901. François Poullain de La Barre — *De l'égalité des deux sexes*

5902. Junichirô Tanizaki — *Le pied de Fumiko* précédé de *La complainte de la sirène*

5903. Ferdinand von Schirach — *Le hérisson* et autres nouvelles

5904. Oscar Wilde — *Le millionnaire modèle* et autres contes

5905. Stefan Zweig — *Découverte inopinée d'un vrai métier* suivi de *La vieille dette*

5935. Chimamanda Ngozi Adichie — *Nous sommes tous des féministes* suivi des *Marieuses*

5973. Collectif — *Pourquoi l'eau de mer est salée* et autres contes de Corée

5974. Honoré de Balzac — *Voyage de Paris à Java* suivi d'*Un drame au bord de la mer*

5975. Collectif — *Des mots et des lettres. Énigmes et jeux littéraires*
5976. Joseph Kessel — *Le paradis du Kilimandjaro* et autres reportages
5977. Jack London — *Une odyssée du Grand Nord* précédé du *Silence blanc*
5992. Pef — *Petit éloge de la lecture*
5994. Thierry Bourcy — *Petit éloge du petit déjeuner*
5995. Italo Calvino — *L'oncle aquatique* et autres récits cosmicomics
5996. Gérard de Nerval — *Le harem* suivi d'*Histoire du calife Hakem*
5997. Georges Simenon — *L'Étoile du Nord* et autres enquêtes de Maigret
5998. William Styron — *Marriott le marine*
5999. Anton Tchékhov — *Les groseilliers* et autres nouvelles
6001. P'ou Song-ling — *La femme à la veste verte. Contes extraordinaires du Pavillon du Loisir*
6002. H. G. Wells — *Le cambriolage d'Hammerpond Park* et autres nouvelles extravagantes
6042. Collectif — *Joyeux Noël ! Histoires à lire au pied du sapin*
6083. Anonyme — *Saga de Hávardr de l'Ísafjördr. Saga islandaise*
6084. René Barjavel — *Les enfants de l'ombre* et autres nouvelles
6085. Tonino Benacquista — *L'aboyeur* précédé de *L'origine des fonds*
6086. Karen Blixen — *Histoire du petit mousse* et autres contes d'hiver
6087. Truman Capote — *La guitare de diamants* et autres nouvelles
6088. Collectif — *L'art d'aimer. Les plus belles nuits d'amour de la littérature*
6089. Jean-Philippe Jaworski — *Comment Blandin fut perdu* précédé de *Montefellóne. Deux récits du Vieux Royaume*

6090. D.A.F. de Sade — *L'Heureuse Feinte* et autres contes étranges
6091. Voltaire — *Le taureau blanc* et autres contes
6111. Mary Wollstonecraft — *Défense des droits des femmes* (extraits)
6159. Collectif — *Les mots pour le lire. Jeux littéraires*
6160. Théophile Gautier — *La Mille et Deuxième Nuit* et autres contes
6161. Roald Dahl — *À moi la vengeance S.A.R.L.* suivi de *Madame Bixby et le manteau du Colonel*
6162. Scholastique Mukasonga — *La vache du roi Musinga* et autres nouvelles rwandaises
6163. Mark Twain — *À quoi rêvent les garçons. Un apprenti pilote sur le Mississippi*
6178. Oscar Wilde — *Le Pêcheur et son Âme* et autres contes
6179. Nathacha Appanah — *Petit éloge des fantômes*
6180. Arthur Conan Doyle — *La maison vide* précédé du *Dernier problème. Deux aventures de Sherlock Holmes*
6181. Sylvain Tesson — *Le téléphérique* et autres nouvelles
6182. Léon Tolstoï — *Le cheval* suivi d'*Albert*
6183. Voisenon — *Le sultan Misapouf et la princesse Grisemine*
6184. Stefan Zweig — *Était-ce lui ?* précédé d'*Un homme qu'on n'oublie pas*
6210. Collectif — *Paris sera toujours une fête. Les plus grands auteurs célèbrent notre capitale*
6211. André Malraux — *Malraux face aux jeunes. Mai 68, avant, après. Entretiens inédits*
6241. Anton Tchékhov — *Les méfaits du tabac* et autres pièces en un acte
6242. Marcel Proust — *Journées de lecture*
6243. Franz Kafka — *Le Verdict – À la colonie pénitentiaire*
6245. Joseph Conrad — *L'associé*
6246. Jules Barbey d'Aurevilly — *La Vengeance d'une femme* précédé du *Dessous de cartes d'une partie de whist*

6285. Jules Michelet	*Jeanne d'Arc*
6286. Collectif	*Les écrivains engagent le débat. De Mirabeau à Malraux, 12 discours d'hommes de lettres à l'Assemblée nationale*
6319. Emmanuel Bove	*Bécon-les-Bruyères* suivi du *Retour de l'enfant*
6320. Dashiell Hammett	*Tulip*
6321. Stendhal	*L'abbesse de Castro*
6322. Marie-Catherine Hecquet	*Histoire d'une jeune fille sauvage trouvée dans les bois à l'âge de dix ans*
6323. Gustave Flaubert	*Le Dictionnaire des idées reçues*
6324. F. Scott Fitzgerald	*Le réconciliateur* suivi de *Gretchen au bois dormant*
6358. Sébastien Raizer	*Petit éloge du zen*
6359. Pef	*Petit éloge de lecteurs*
6360. Marcel Aymé	*Traversée de Paris*
6361. Virginia Woolf	*En compagnie de Mrs Dalloway*
6362. Fédor Dostoïevski	*Un petit héros*
6395. Truman Capote	*New York, Haïti, Tanger* et autres lieux
6396. Jim Harrison	*La fille du fermier*
6412. Léon-Paul Fargue	*Mon quartier* et autres lieux parisiens
6413. Washington Irving	*La Légende de Sleepy Hollow*
6414. Henry James	*Le Motif dans le tapis*
6415. Marivaux	*Arlequin poli par l'amour* et autres pièces en un acte
6417. Vivant Denon	*Point de lendemain*
6418. Stefan Zweig	*Brûlant secret*
6459. Simone de Beauvoir	*L'âge de discrétion*
6460. Charles Dickens	*À lire au crépuscule* et autres histoires de fantômes
6493. Jean-Jacques Rousseau	*Lettres sur la botanique*
6494. Giovanni Verga	*La Louve* et autres récits de Sicile
6495. Raymond Chandler	*Déniche la fille*
6496. Jack London	*Une femme de cran* et autres nouvelles
6528. Michel Déon	*Un citron de Limone* suivi d'*Oublie…*

6530. François Garde	*Petit éloge de l'outre-mer*
6531. Didier Pourquery	*Petit éloge du jazz*
6532. Patti Smith	*« Rien que des gamins »*
6546. Barack Obama	*Discours choisis*
6563. Jean Giono	*Refus d'obéissance*
6564. Ivan Tourguéniev	*Les Eaux tranquilles*
6566. Collectif	*Déclaration universelle des droits de l'homme*
6567. Collectif	*Bonne année ! 10 réveillons littéraires*
6579. Honoré de Balzac	*La Vendetta*
6580. Antoine Bello	*Manikin 100*
6581. Ian McEwan	*Mon roman pourpre aux pages parfumées* et autres nouvelles
6582. Irène Némirovsky	*Film parlé*
6618. Chimamanda Ngozi Adichie	*Le tremblement* précédé de *Lundi de la semaine dernière*
6619. Elsa Triolet	*Le destin personnel* suivi de *La belle épicière*
6650. Collectif	*Tous végétariens ! D'Ovide à Ginsberg, petit précis de littérature végétarienne*
6651. Hans Fallada	*Voyous, truands et autres voleurs*
6652. Marina Tsvétaïéva	*La tempête de neige – Une aventure. 2 pièces romantiques*
6653. Émile Zola	*Le Paradis des chats* et autres textes
6693. Corinne Atlan	*Petit éloge des brumes*
6694. Ludmila Oulitskaïa	*La soupe d'orge perlé* et autres nouvelles
6695. Stefan Zweig	*Les Deux Sœurs* précédé d'*Une histoire au crépuscule*
6727. Marcel Proust	*Vacances de Pâques* et autres chroniques
6728. Jane Austen	*Amour et amitié*
6742. Marguerite Yourcenar	*Les Songes et les Sorts*
6743. Les sœurs Brontë	*Autolouange* et autres poèmes
6744. F. Scott Fitzgerald	*Le diamant gros comme le Ritz*
6745. Nicolas Gogol	*2 nouvelles de Pétersbourg*
6746. Eugène Dabit	*Fauteuils réservés* et autres contes

Composition Nord Compo
Impression Novoprint
à Barcelone, le 10 décembre 2019
Dépôt légal : décembre 2019
1er dépôt légal dans la collection : septembre 2018
ISBN 978-2-07-270534-2./Imprimé en Espagne.

365657